お近くの奇譚
～カタリベと、現代民話と謎解き茶話会～
地図《ちず》十《と》行路《こうろ》
イラスト／げみ

# 目次



Design／カマベヨシヒコ

# お近くの奇譚

～カタリベと、現代民話と謎解き茶話会～

地《ち》図《ず》十《と》行《こう》路《ろ》

イラスト／げみ

——噂《うわさ》がね、あるんですよ。

ええ。そこにある、黒電話のことです。さっきから、気にしてらしたでしょう？

そうなんですよ。あれと同じ黒電話は、この町のあちこちにあるんです。道端のふとした場所。コンビニの店先。喫茶店やファミレスの店内。駅の地下街。神社の境内《けいだい》。公民館《こうみんかん》。それに学校にも……。本当に、いたるところに。

私なんかは、この、異角《いづの》の土地で生まれ育ったものですから。異角に来られたばかりの方は、みなさん、見慣《みな》れた、当たり前の光景なんですけど。町中《まちじゅう》にある黒電話は、不思議《ふしぎ》に思うでしょうね。

——いいえ、そうではないんです。この町の決まり事で、とか、そういうことではなくて。あの黒電話は、いつの間にか、そこにあるんですよ。いつ、誰《だれ》が置いたものなのか、わからないんです。……はい。ちゃんと、掛けられますよ。でも、ほら、見てください。あの黒電話には、ダイヤルもボタンも、付いてないでしょう？

あの電話はですね。受話器を持ち上げると、ひとりでに向こうへ繋《つな》がるようになってるそうです。異角にあるどこの黒電話から掛けても、すべて、同じところに繋がるのだという話ですよ。

え？

電話の向こう、ですか？

……そうですね。噂では——。

あの電話は、カタリベの黒電話、なんだとか。

なんでも、あの黒電話を掛けるとですね。カタリベと名乗る人物が電話に出て、こう言うんだそうです。「君が知ってる異角の噂を教えてくれ」、と。

そして、向こうから掛かってきた電話を取るとですね。やっぱりカタリベと名乗る人物が、今度は、自ら黒電話で聞き集めた異角の噂話を、何かしら、語ってくれるらしいです。そのお話が、カタリベというだけあって、聴《き》いてとっても面白《おもしろ》いんですって。

……と、まあ。これが、異角に住む者なら、誰でも一度は耳にしたことのある、黒電話にまつわる噂話というわけです。……ええ、そうですね。好奇心や、暇潰《ひまつぶ》しで、面白がってあの電話を掛けたり、向こうから掛かってくる電話を受けたことのある人は、けっこういるようですよ。……え。私ですか？　……私は——……。

え、ああ。……さあ？　どうしてでしょうね。黒電話の向こうのカタリベが、噂を集めて語る理由……。そうですね。それは、たぶん、きっと……。

——カタリベだから、なんじゃないでしょうか。

# 第一話　四つ子のいる十字路

黒電話だ。黒電話がある。ということは、この町は、やっぱり異角のどこかなのか。見知らぬこの町が。長年住み慣れた異角の——。いや。しかし。見覚えのない景色《けしき》というだけならまだしも。道にも、店の中にも、どこにも人の姿どころか、気配《けはい》さえないというのは。蟬《せみ》の声一つも聞こえてこないのは。これは、どういうことなのか。

こんなの、説明のしようが。あの「噂」以外では。けれど、馬鹿《ばか》な。そんなまさか。

「……とにかく、電話だ」

混乱する頭の中を、なんとか整理《せいり》しようとしながら、男は黒電話に近づいた。

そのすぐ後ろを、小さな足音が追う。

子どもの足音。ここに来るまでの間も、それは、ずっと男のあとを付いてきていた。男は無意識《むいしき》に耳を澄《す》ませ、それだけでは気が済まずに、振り返る。そうして、その姿を確《たし》かめてから、電話機《でんわき》に手を伸ばした。

空白の看板らしきものが掛かった、たぶん何かの商店と思われる、小ぢんまりした店の軒下。そこに、雨除《あまよ》けのケースに入った黒電話が一台。その電話には、ダイヤルもボタンも付いていない。しかし、噂が本当なら――。

男は、透明なケースの扉を開け、汗の滲《にじ》んだ手で黒電話の受話器を取った。受話器を持ち上げる瞬間《しゅんかん》、家の電話機のそれとは違う、何か柔らかな、独特の手応《てごた》えがあった。見た目からして重量感のある色の受話器は、想像を上回って、ずしりと重い。

受話口を耳に当て、息を殺して待つ。

数秒間の無音のあと、呼び出し音が鳴り始め、やがて、何やら跳ね上げるような、カッチャンという音と共に、電話は向こうへ繋がった。

少しの間があってから。

『はい。こちら、カタリベです』

と、無感情な男性の声が応答した。

男は、思わず短く息を吸い込み、受話口に耳を押し当てて言った。

「カタリベ？　本当に！　あんた、あの噂の、カタリベなのか！　……あ。……いや、失礼。あ……ええと……」

男は、送話口を口元から少しずらして、深呼吸する。

黒電話の噂は本当だった。電話の向こうの「カタリベ」は、実在した。それならば。

「あの……。あなたは……『カタリベ』は、黒電話で町中の噂話を集めていると……噂で、聞いたのですが。あの。四つ子の十字路の噂話は、ご存知でしょうか。暮標《くれしるべ》の、南間《みなみま》日笠《ひがさ》にある小学校の近くの道の……」

『うん』

知ってる、と、カタリベは素っ気ない口調《くちょう》で答えた。

「そ、そうですか。なら、話が早い。あの……こんな話をして、信じていただけるか、わからないのですが……。その……本当に、会ってしまったんです。あの十字路で、こっちを向いている四つ子に。それで、噂のとおりに、道に迷ってしまったんです。いくら歩いても、知ってる場所に出られないし。周りにはまったくひと気がないし、携帯電話も繋がらなくて」

早口で説明しながら、自分でも馬鹿なことを言ってるものだと思う。

こんな訴えに、相手が口を挟まないのは、真面目《まじめ》に話を聞いてくれているからなのか。それとも、あきれて黙《だま》ってしまっているのか。

どちらにせよ、今は、このカタリベなる人物にすがるしかなかった。なぜならば。

「それで……。カタリベ……さん。あなたに、『四つ子の十字路』の噂を、語り替えてほしいんです。……そういうことができると、聞いたもので」

男が黒電話を掛けたのは、そのためだった。

カタリベは、町に広まった噂話を「語り替える」ことができる。

それは、黒電話とカタリベにまつわる噂のうちの一つだが、他《ほか》の噂に比べてあまり知られていない話だった。しかしとにかく、カタリベにはそういった力があるらしい。──カタリベは、噂話を「語り替える」ことによって、悪い噂を収めたり、また、噂で語られている怪異を鎮《しず》めたりすることができる。そういう噂なのだ。

ところが、男の頼みに対して、返ってきたのは思いもよらぬ問いだった。

『その「四つ子の十字路」の噂話は、本物？　偽物？』

「……え？」

質問の意味がよくわからず、男は聞き返す。

戸惑う男に、カタリベは、言葉を付け足してもう一度尋ねた。

『噂で語られる怪異には、真実から噂が生まれた「本物」と、真実ではない噂によって生み出された「偽物」とがあるんだよ。「四つ子の十字路」の噂は、どっちかな』

「……え。いや……。どっち、と言われても……」

『俺《おれ》は、「本物」の噂を語り替える気は、ないんでね』

カタリベは、相変わらず感情のこもらない声で、そう言った。

『だから、俺に噂を語り替えてほしければ、その噂話が「偽物」であることを示す、道理を語ることだ。それができるなら、君のことを助けてあげる』

告げられたその条件に、男は、思わず黙り込んだ。

視線《しせん》を感じる。すぐそばにいる子どもが、こちらをじっと見つめている――。

迷っている場合ではない。

早く。できる限り早く、ここから。この気味の悪い町から、抜け出さなくては。

そう思い、男は意を決して、再び送話口に向かって口を開いた。

+　+

家への帰り道。からすると、だいぶ遠回りになる道のり。放課後《ほうかご》のいつもの寄り道コースを、時おり額《ひたい》の汗をぬぐいながら、西来野《にしきの》久路《くろ》は辿《たど》っていく。

はあ、と、かすれる溜《た》め息《いき》。

それは、温室の中に迷い込んだのかと思うような暑さのせい。というわけでもなければ、目的地までの徒歩二十五分の道のりのせい。というわけでもない。では、何が原因なのかといえば、そこは、久路自身にもよくわからなかった。

今日《きょう》は学校にいる間、誰とも口を利かなかったからだろうか。でも、そんなのは別に珍しいことではないし。小、中学校でもそうだったけれど、学校の人たちとは、特に会話をする機会も理由もない。同性の生徒であってもだし、男子生徒となるとなおさらだ。そんなでも、一応自分の席が用意されているのだから、学校というのは良い場所だと思う。

まあ、たぶん、なんとなく気分が塞《ふさ》いでいるだけだ。特に、理由はないのだろう。あまり気にせずにいれば、時間と共に、いつの間にか消え去っている。そういう類《たぐい》のもやもやだ、これは。

なんてことを思いながら。久路が向かう先は、異角央辻町辻ノ四《いづのなかつじまちよん》─四ツ角西《よかどにし》。央辻通りの裏にある、郷祭《さとまつり》事務所──正式名称『異角立《いづのだて》郷土祭事管理組合事務所』。

央辻通りは交通量の多い大通りで、通りの両側に並ぶビルや店は新しい建物が目立つけれど、その裏通りには、意外なほど古ぼけた町並みが残っている。

そんな風景の中に溶け込んだ、板張りの外壁《がいへき》に白いペンキ塗り、二階建ての建物。壁《かべ》や窓枠のペンキは、陽《ひ》に焼けて変色し、ボロボロと剝《は》がれて、その下の木肌の色が覗《のぞ》いている。入口の横に掛けられた木の板の表札も、たぶん、同じくらい年季の入ったものだろう。角が欠け、雨染みが滲んで、かすれた文字を何度か上から書き直した跡がある。

入口のガラス戸の木枠は、そこだけペンキが塗られておらず、木肌の色のままだ。古いガラス板を通して見る建物の中は、景色が微妙にぐにゅりと歪《ゆが》んでいる。戸の木枠の下のほうは、通りすがりの猫たちが爪《つめ》とぎしていくせいで、毎日どんどん削られていっている。さすがにそろそろ修復が必要かもしれない。というか、今度からは、入口の横に猫用の爪とぎとか置いといたほうがいいのでは。

などとぼんやり考えつつ、久路は、滑りの悪い引き戸に手を掛ける。ガタつきながらも戸は開き、ぬるく冷房の効いた空気が、薄《う》っすら汗ばんだ肌をなでた。

おじゃまします。と、久路は小さな声で挨拶《あいさつ》して、中に入る。

その途端《とたん》。物陰から飛び出した影《かげ》が、その腕で、久路の体をガッチリと拘束《こうそく》した。

「どーした久路！　元気ねえぞーっ⁉」

耳元で叫ばれたその声からは、うるさいほどの笑顔《えがお》がありありと感じ取れた。

声の主の腕は、叫んだあとも、久路への拘束を解く気配はない。ぎゅうう、と。それは抱きしめるというより、締《し》め付けるといったほうがいいような力の入れ具合だ。

「あの……。別に、おかまいなく。……荷物を置きたいんですけど」

久路のその言葉で、ようやく腕がほどかれた。

押し潰されていた肺に空気を吸い込んで、久路は、ほうっとそれを吐き出す。

顔を上げると、目の前には、馴染《なじ》みの笑顔を浮かべる少年の姿があった。

その笑《え》みに応えるように、にこりと笑って、久路は言う。

「相変わらず、お元気ですね、ハルさんは」

「おう！　生まれてこのかた、元気にかけちゃ、配り歩けるくらい常備してっからな。元気がないなら、この俺から好きなだけ吸い取ってくれていいぞ！」

そのような能力は持ち合わせていないので、気持ちだけ頂いておくことにするが。

それにしても、まさか事務所に入るなり抱き付かれるとは。完全に不意打ちだった。入口近くの物陰に潜《ひそ》んで待ち構えていたということは、通りに面する窓から、自分が歩いてくる姿を見ていたのだろうな。と、久路は察する。あからさまに気分が塞いだような顔なんて、していないつもりだったのだけれど。でも、この人は、見かけによらず、他人の感情に目ざといから。

この人――ハルさんこと、温木《ぬくいぎ》晴生《はるお》。

久路と歳《とし》の変わらない少年でありながら、その日常、というか生きる世界が、大半の同年代の少年少女たちとは、大きく違っている人。

というのも、ハルは、この歳にしてすでに学生ではない。高校には通っておらず、ここ郷祭事務所の、れっきとした職員《しょくいん》として働いているのだ。それも、ただの職員ではなく、所長代理を務める人物なのである。——ラフな私服姿の少年は、一見すると、そんな肩書きを思わせる貫禄《かんろく》とか、風格とか、そういったものは微塵《みじん》も感じさせない、まったくもって、歳相応の若者なのだけれど。

ともあれ、ハルに抱き付かれたことを、久路は別に不快には思わなかった。本人に、やましい気持ちなど一切ないと、わかっているからだ。ハルは、単に自分を元気づけようとしてくれただけ。自身に有り余っているエネルギーを、密着することで注入しようとしてくれた、といったところか。この人に、それ以外の他意はない。——ただ、問題は、抱き付き方に遠慮《えんりょ》というものがないことだろうか。スキンシップというより、それはもはや必殺技か何かな気がする。骨の脆《もろ》くなったお年寄りとかに同じことをしたら、文字どおりの必殺技になりかねないから気を付けてほしい。

「あ、そーだ、久路。冷蔵庫に缶ジュース冷えてるからよ、どれでも飲みな。暑かったろ、ここに来るまで。今日はもう、なんてーか……地面の下で全地底人がいっせいに鍋《なべ》大会でも始めたのかと思うような暑さだもんなあ」

独特の例《たと》えに、久路は曖昧《あいまい》な笑みを返しながら、事務所の奥へと進む。

充分な照明はあるはずなのに、この事務所の屋内がなんとなく薄暗《うすぐら》く見えるのは、飴色《あめいろ》をした古い板張りの床や壁のせいだろうか。

久路は、荷物置きになっている色褪《いろあ》せたソファーに鞄《かばん》を置いて、事務員たちの机を見渡す。いくつかある事務机は、なんでもすべて別口からの貰《もら》い物《もの》だそうで、新しい机も同じ机も一つとしてなく、揃《そろ》いの椅子《いす》もない。そのせいで、室内の景色は妙にちぐはぐである。

ハル以外の事務員は、今日は誰も来ていないようだった。それも珍しいことではない。ここの事務員たちの自宅は、異角の土地を構成する各地区に散らばっていて、事務員たちは普段《ふだん》、自分の地元で仕事をしていることが多いという話だ。「だから気兼ねすんな」と、ハルは言っていた。……いや。「他の事務員がいたって気兼ねするこたねーから」と言ったか。

なんにせよ、だ。この郷祭事務所が、今は、久路の放課後の居場所だった。

久路はいつものように、事務連絡用の黒板に近づく。そして、釘《くぎ》に掛けられた黒板消しを手に取って、事務所の庭に面する窓を開け、白墨の粉を払う。それが終わると、ロッカーから、先の擦《す》り切れた箒《ほうき》とくすんだブリキのチリトリを出して、部屋《へや》の中のゴミを掃《は》き集め、赤錆《あかさび》の浮いた一斗缶《いっとかん》のゴミ箱に捨てる。それが終わると——。

「ハルさん。ここに掛けてある法被《はっぴ》、破けているようですけど、繕《つくろ》っておきましょうか。鋏以外の裁縫《さいほう》道具、お借りしてもいいですか？」

「……おう。……それはいいけどよ」

振り返って尋ねた久路に対して、ハルは、あからさまに顔をしかめてみせた。

「──ジュース」

「あ。はい」

何がいいですか？　と久路が問うと、ハルはじれったそうに、ますます顔を歪めた。

「──じゃあなくてっ。ジュース飲めっつっただろ。黙って見てりゃ、おまえ、普通に掃除とか始めやがって。暑い中、ここまで歩いてきたんだろーが。この時期の水分補給の大切さ、なめんなよ！」

びしりと指差され、久路はハッとした。言われてみれば、ひどく喉《のど》が渇いている。

「そうですね。いただきます」

「おう。繕い物とか、一息ついたあとでいいからな」

そう言って、ハルはまた、その顔にニッと笑みを浮かべた。

事務所の隅にある黒電話が鳴《な》り響《ひび》いたのは、それからしばらくしてのことだった。

それまで、ハルは机の上に積《つ》まれた資料を読《よ》み漁《あさ》っていた。なんでも、ある民家の庭に祀《まつ》られている、正体不明の祠《ほこら》を引っ越しするので、必要な神事のプランをまとめて提供するために、祀り神さまの素性を調《しら》べなければならないのだそうだ。家に古いお社や祠があるけれど、何を祀っているのか今となってはわからない、という話はよくあるそうで、この手の「神さまの身の上調査」は、郷祭事務所では定番の業務の一つであるらしい。

そのハルの傍《かたわ》らで、久路は、カーテンを透かす西陽がそろそろ色濃《いろこ》くなってきたのを感じつつ、書類の整理などを手伝《てつだ》ったり、本棚にある「民話集」を読みふけったりしていた。制服は、とうに着替えていた。制服の代わりに久路の身を包むのは、何年前からタンスにあるかわからない、着古してすっかり色褪せた私服だった。一年ちょっと着ているだけの学校の制服よりも、数段みすぼらしいものではあるのだが、久路は特に気にならなかった。

久路は、ハルの仕事の邪魔《じゃま》をしないようにと、自分のほうから話し掛けることは控えていた。しかし、当のハルは、むしろずっと黙っていると集中力が途切《とぎ》れるタイプのようで、たびたび久路に話し掛けて、二人《ふたり》で雑談《ざつだん》を繰《く》り返していた。

そんなときに掛かってきた、電話である。

もはや聞き慣れたベルの音に、久路の胸は高鳴った。

掛けてきた相手は、出ずともわかった。誰がいつここに置いたのか定かでない、ダイヤルもボタンも付いていない、この黒電話に掛けてくる人物というのは、ただ一人《ひとり》しかいないのだ。

ハルはベルの音に重ねて舌打ちし、読んでいた資料を軽く机に叩《たた》き付けて、立ち上がった。

荒っぽい足取りで部屋の隅に向かい、これまた手荒に受話器を取って。

しかし、受話口に耳を当てながら、ハルは口を開こうとはせず、いまいましげな顔ですぐに電話を切った。

電話の向こうの声は、久路のいるところまでは届かなかった。

けれど、その声は、いつものように一言、こう言ったのだろう。

——おいで。と。

「久路」

名を呼んで、振り向きざまに、ハルは尋ねた。

「あいつは、どこにいる?」

問われた久路は、少し考える。

すると、見ても聞いてもいないはずのその人の居所が、まるで最初から記憶《きおく》の中にあったかのように、頭に浮かんできた。久路は、それをそのまま口にする。

「えっと。……この、事務所の二階の、第二会議室、なんですけど」

「ふむ、そうか。この事務――……ぬおっ⁉　何っ、あいつ、今この上にいんの⁉　いつの間に、勝手に人の事務所に上がり込みやがって！」

「今回、近くてよかったですね」

「ぬう……。つーか、二階に来てんなら、いっそここまで降りてくりゃいーのに……」

あの野郎、と、ハルは天井《てんじょう》を睨《にら》み付けた。

「じゃあ、私はお茶を淹《い》れますね。ハルさん、何か、お茶菓子はあります？」

「ああ。この前、おまえが食いたいって言ってたあの最中《もなか》、買ってきといたぜ」

「……別に、私が食べたかったわけでは」

ない、と言ったら、まあ嘘《うそ》にはなるが。でも実際、今度持っていく茶菓子をなんにしようか、という話題のときに、その菓子の名前を出しただけではないか。

「いつも、私のぶんのお茶菓子まで用意していただいて、本当にすみません」

「いいってことよ。おまえのおかげで、毎回、あいつの居所が知れるんだしな」

そう返されて。久路は、下げた頭をそのままに、「そうですね」と小さく答えた。

「……それに、ですね。私は、まあ、一緒《いっしょ》に行ったところで、向こうでは、なんの役にも立ちませんが」

それでも、と。顔を上げた久路は、微笑《ほほえ》み、目を細めてハルを見つめる。

「もしものことがあったとき、身代わりにできる人間がいれば、ハルさんだって安心でしょう?」

その言葉に。ハルは、声もなく、困惑しきった顔で、久路の笑みと向かい合った。

が、直後にフッと唇の端を上げ、余裕めいた表情を作る。

「もしものことだあ? この俺が、そんなヘマなんざするもんかよ。まあ、おまえはあれだ。最中食いながら、次回持ってく茶菓子を考えるのにでも専念しとけ! あと、今回、茶は煎茶《せんちゃ》にしようぜ。この最中、けっこういい店のやつだから、お茶もちょっと贅沢《ぜいたく》にさ。左側の缶、海苔《のり》って書いてあるけど、それ、中身煎茶だから!」

「はい。わかりました」

そうして、久路は、冷やした煎茶とお茶菓子の最中を盆に載せ。

それから、鞄の中に入れていた、古い小さな刃物を一つ、ポケットに忍ばせて。

ハルと共に、二階の第二会議室へと向かったのだった。

第二会議室のドアを開けると、部屋の中には一人の男の姿があった。

こちらを向いて椅子に座った男は、洋服のフードを目深《まぶか》に被《かぶ》って、顔の上半分を覆《おお》い隠していた。その口元には、薄っすらと笑みが浮かんでいる。

「やあ。よく来たね、二人とも」

唇だけをわずかに動かして、男は言った。それは、ひどく感情に乏《とぼ》しい声だった。

まずは久路から部屋に入り、苦い顔をしたハルがあとに続く。

冷房も効いておらず、窓も開けていない部屋。その室内には、夏の西陽で熱《ねっ》せられた空気が、寒天で固めたように籠《こも》っていて、入った瞬間に息苦しさを覚えた。

ハルが呻《うめ》き声《ごえ》を上げ、急いで窓辺に向かい、窓を全開にする。途端、事務所の庭の木で喚《わめ》く蟬《せみ》の声が、夕暮れの風と共に、部屋の中に吹き込んだ。それによって、室内はだいぶましな状態になったものの、板張りの床からはもうしばらくの間、ほんのりと熱気が立ち昇り続けそうだった。久路は、蟬時雨《しぐれ》を背に浴びつつ、冷房のスイッチを入れた。

お茶を入れた三つのグラスは、すでに大粒の汗をかいて、盆を濡《ぬ》らしていた。

「こんにちは、招《まねき》さん。今日も、招さんの『語り』を聴きに来ました」

そう言って、久路は、あまり大きくないミーティングテーブルの上に盆を置く。

この第二会議室は、第一会議室に比べて小さな部屋で、しかも室内の半分は物置を兼ねている。テーブル周りには、せいぜい四人から六人くらいしか座れない。それでも、この場は三人分の席があればいいので、充分だった。

ハルは、フードの男――招を睨み付けながら、わざとらしいほど大きな音を立てて、椅子を引いた。

「窓くらい開けとけよな、ったく……」

ぼやきつつ、テーブルを挟んで招の向かいに座るハル。

久路も、ハルの横の席にそっと腰を下ろした。

テーブルの真ん中には、茶と茶菓子を載せた盆がある。茶菓子の最中は一つがけっこう大きなもので、餡《あん》は小倉、抹茶、うぐいすの三種類。各種類を三、四個ぶんずつと、多めに持ってきた。澄んだ淡緑色《たんりょくしょく》をした煎茶には、すでに角の取れた大きな氷が、いくつも浮かんでいる。

けれど、目の前にあるお茶にも茶菓子にも、まだ誰も口を付けようとはしない。

その前に、やるべきことがあるからだ。

「電話が、あったんだな」

と、ハルは切り出した。招に対する問いというよりも、それはただ、予想の付いていることを、一応確認《かくにん》だけするような口調だった。

招はうなずきもせず、ああ、と答えた。

「ついさっきね。『四つ子の十字路』の噂話を、語り替えてほしいって電話がさ」

招の口から電話、と聞いて、久路は無意識に、招の背後の窓辺へと視線を向けた。

そこには、事務室に置かれていたものと同じような、黒電話がある。違うのは、この部屋にある黒電話には、ダイヤルが付いているということだった。

「四つ子の十字路……ね。くそっ、知らねえ話だな」

そんじゃ、と。ハルは、唇の端を歪めて笑みを作った。

その表情は、普段のハルなら決して見せることのない、敵意に満ちたものだった。

「詳しく『お話』を伺《うかが》おうかね、カタリべさん。茶が薄まらねえうちに、さっさとな」

目元をフードで覆っている招に、ハルの顔は見えてはいないだろう。それでも、低く吐き出された声から、ハルがどんな表情をしているかは、容易に想像が付くに違いない。

しかし、どちらにせよ、招がそれに怯《ひる》む様子《ようす》はまったくなかった。

招は、口元に浮かべた薄笑みをそのままに、「そうだね」と返し、

「急いだほうがいいかもね。電話を掛けてきたその人は、噂の四つ子に出会って、今まさに、この世ならぬ町で迷子《まいご》になっているそうだから」

「……あ？」

告げられたその言葉で、ハルの顔色と声色が、いっそう険しくなった。

が、やはりそんなことはまったく意に介さない様子で、招は続ける。

「だから、晴生。電話を掛けてきたその人を助けたければ、『四つ子の十字路』の噂の真偽を、君が鑑定することだ。電話のその人の代わりに、噂が『偽物』であると示すことのできる道理を、君がここで語って――」

「んな、悠長なこと言ってる場合なのか？　そんなことしてる間に、その人が、もし危険な目に遭いでもしたら」

切迫したハルの声に対し、招は平然と言う。

「大丈夫。『この世ならぬ町』にいるとは言っても、そこまですぐに危険な状況に陥ることは、ないと思うよ。その人が関《かか》わったのは、そういう噂じゃないからね。――それに、いつも言ってるだろう。俺は、『本物』の噂を語り替える気はない、って」

昼以外を微動だにさせず、ゆったりした口調で述べる招。あくまで落ち着き払ったその態度が、今のこの状況において、ハルの神経を逆撫《さかな》でするばかりなのは明らかだった。

「噂の真偽を見極めるのは、『鑑定者《かんていしゃ》』である君の役目だ。君の話に納得できさえすれば、俺は、いつものように噂を語り替えてあげるよ」

この黒電話、と。招は、背後にあるそれを振り返りも指差しもせずに、呟《つぶや》いた。

「俺が、この黒電話で噂話を語ったから、その噂が本当になったのか。それとも、もとからその噂が真実だったのか。噂が『偽物』か『本物』か。それは、俺にもわからないんだから。俺はただ、町で広まった噂話を、気の向くままに人に語るだけだ」

――カタリベ、だからね。

と、感情のこもらない声で、招は言った。

ハルは何か言い返そうと、嚙《か》み付くように口を開く。

けれど結局、招を睨み付けたまま、その言葉を吞《の》み込んだようだった。

「……わかった。語れよ、招。『四つ子の十字路』とやらにまつわる噂話を、あまさず教えろ。その話で語られる怪異が、おまえの産み出したものか、そうでないか、見極めてやるよ」

嫌味《いやみ》を含めて吐き捨てると、ハルは、大きく椅子を軋《きし》ませて、その背もたれに体をあずけた。しかしそうしたものの、すぐまた背を浮かせて、もう一度、招に確認する。

「本当に、電話で助けを求めてきた人に、ただちに危険があるわけじゃねえんだな？　もし、おまえの語った噂話のせいでその人に何かあったら——ただじゃおかねえぞ」

「うん」

ハルの言葉の、果たしてどの部分までに対する「うん」なのやら、よくわからない返事をして。

招は、椅子から立ち上がった。招が口以外を動かしたのは、久路とハルがこの部屋に入ってきてから、これが初めてのことだった。

招は、おもむろに部屋のドアへと歩み寄る。そして、ドアの前にかがみ込むと、床とドアとの隙間《すきま》に指を差し込んで、そこから何かを拾い上げた。

「おや。こんなところに黒い糸が……」

「ええいっ、んな小芝居はいいんだよ！　さっさとしやがれ！」

怒鳴《どな》るハルを、また挑発するかのように、招は遅い歩みで席に戻ってくる。

その手の中には、黒く長い一本の糸があった。糸は、部屋のドアの下をくぐって外まで伸びていて、その先がどうなっているのか、ここからでは見ることができない。

ハルは仏頂面《ぶっちょうづら》を呈したまま、黙って左手を招に差し出した。

その小指に、招が黒い糸を掛ける。

それは、「噂の鑑定」の前に行われる、いつもの決まり事だった。

「この糸を結んだら、鑑定が終わるまで、君はこの場から動けないよ」

「はいはい、わかってるよ」

「そして、君が噂の真偽を見誤ったときには……」

「俺は俺でいられなくなる——だろ？」

招の台詞《せりふ》を継いで、なんでもないことのように、ハルは自らそれを口にしてみせた。

「そんな前置きはいいから、いちいち手を止めんじゃねえ。急いでんだよこっちは！」

怒声混じりの早口で、ハルは招にそう促す。

その態度が、決して虚勢などではないことを、久路は知っていた。しかし、いつものことながら、ハルの決断の潔《いさぎよ》さには、感心するやら、あきれるやらだ。

とにもかくにも。これでハルは、語り替えを賭《か》け、自らを賭《と》した、「噂の鑑定」という招との勝負を、受けたことになる。

招は、一応促しに従って、再び手を動かし、ハルの指に黒い糸を巻き付け始めた。

「せわしいなあ。そんなに急がなくても大丈夫だって、さっき、言ったのに」

「そうだとしても、電話を掛けてきた人は、今、不安な思いをしながらおまえの語り替えを待ってるんだろうが。結果的に助かりゃそれでいいってもんじゃねえんだよ」

「ふうん」

そういうものかな。と、招は呟く。

「まったく、ご苦労様なことだね。語り替えを依頼してくる……怪異に困って助けを求めてくる人間は、この異角の人だろうとはいえ、そのほとんどが、君とは縁《えん》もゆかりもない、赤の他人にすぎないだろうに」

「関係ねえんだよ、そんなことは」

ハルは、即座にそう言い返す。

「誰であろうと、異角の土地の人間を、無関係な赤の他人とは思わねえ。この土地で困ってる人間がいれば、迷わず手を貸す。そして、人ならぬモノが、人の領域を侵《おか》すことは許さねえ。——それがこの俺、郷祭事務所所長代理、温木晴生の郷土愛だ！」

そんな台詞を、ハルは、恥ずかしげもなく言い切った。

それに対して、招は。

「まあ、君にとっては、この異角の土地が、唯一の居場所だものね」

と、やはり無感情な声で返した。

招の言うことは、本当だった。ハルは「ある事情」によって、異角の土地を出ることができないのだ。他のどこにも、この人は決して行くことができない。だからこそ、この人は、この異角の土地に、並々ならぬ愛着と執着を抱いているのである。

そこを平然と突かれて、ハルは一瞬、その顔を歪めかけた。が、どうにかこらえた様子で、何も言わず、ただ目の前にいる招を睨み付けた。

会話が途切れた中、招は、ハルの指に巻き付けた黒い糸を、無言で結ぶ。

その間、ハルは手持《ても》ち無沙汰《ぶさた》なふうに、空いているほうの手を招の顔へと伸ばした。ハルは指先で、招の目元に被さるフードを、ちょいと持ち上げる。

フードの下から現れたのは、三日月形に笑った、色のない大きな目だった。

それは、目隠しの布に描かれた拙《つたな》い絵だ

子どもの落書きにしか見えないその絵は、伏せた三日月が二つ並んでいる、本当にただそれだけのもので、目の輪郭《りんかく》の中には、瞳《ひとみ》を表す丸さえも描かれていなかった。

もう何度も見たことのあるそれを、ちらと覗かせて、ハルはつまらなそうにフードから指を離《はな》した。

同時に、招が糸を結び終えた。

招は、テーブルの下に両手を下ろし、少しの傾きもずれもなく、まっすぐに正面を向いた。

そうして一息おいてから。

招は、それまでとはがらりと声色を変えて、

「ねえ、こんな話を知ってる？」

と、まるで、友人相手に気安く世間話でもするかのように、語り出した。

×

これは、異角暮標にある、南間日笠小学校の生徒に聞いた話なんだけどさ。

なんでも、あの小学校の近くに、ちょっと不思議な十字路があるらしいんだよね。

まあ、十字路っていっても、あの辺はいっぱいあるんだけど。住宅街だしさ。……ええとね。具体的な場所はっていうと、掲示板が立ってるところの十字路なんだ。瓦《かわら》屋根の付いた「まちのけいじばん」ね。そこは、小学校のスクールゾーンになってる道だから。そっちの方向から通《かよ》ってる生徒なら「ああ、あの道か」って、すぐわかるようなところだよ。

でさ。そこは、別になんの変哲もない、ただの住宅地の中の道路なんだけど――。

その十字路を、一人で通ったり、目をつぶって通ったりすると、どうしてだか、道に迷っちゃうらしいんだ。

いや、ほんとなんだって。五年生の子がさ、朝、学校に来るとき、その道通ったらしいんだけど。そこは、その子がいつも使ってる通学路だったのに、その子、その道を通り過ぎてから、なんでだか、学校とはぜんぜん違う方向に行っちゃって。そのせいで、遅刻しちゃったんだって。それでそのあと、話を聞いてその十字路に行ってみた生徒や、普段からその十字路を通学路にしてる生徒たちが、何人も何人も、最初の五年生の子と同じように、道に迷って、遅刻したんだよ。

だからさ。あそこの道を通るときには、一人で通ったり、目をつぶって通ったりしちゃ、いけないんだって。そういう、噂なんだ。

しかし、不思議だよね。どうなってるのかな。

あの十字路、一体、何があるんだろうね。

×

語りを聴いている間、うるさいほどの蟬の声も、いつの間にか、久路の耳には聞こえなくなっていた。招の語りに、全身の、神経の髄《ずい》まで惹《ひ》き込まれ、聴き入っていたのだ。

よどみなく紡がれる声は、耳に心地《ここち》良く、不思議なほどに聴く者の興味《きょうみ》を掻《か》き立てて、一瞬たりともこちらの意識をそらさせない。声の上げ下げ。緩急《かんきゅう》。間の取り方。どこで声を落とすか、ひそめるか。それらがすべて、絶妙なのだ。語り口は世間話の体《てい》でありながら、そこらの常人が口にする噂話とは、まったく違う。日常の中で耳にする噂話とは、かけ離れている。招の語りは、どこまでも巧《たく》みで、完成されていた。

ただ。

その語りには、本来あるべきものが、欠けてもいた。

招の語りの中には、身振り手振りが。うなずく、首を振る、といった仕草《しぐさ》が。そして、目線や表情さえもが――「声」以外のものが、一切存在しないのである。

それは、ある種異様な光景だった。目の前にいる語り手の、唇以外が微動だにしない、というのは。

もっとも、そんなこと、この人の語りにおいては、なんの障《さわ》りにもなっていないのだけれど。

語りが終わって、久路がちらと隣《となり》に目をやると。ハルは、招の語りを聴くときの常のように、腕を組んで、目を閉じていた。不動の語り手を見ていたところで、そこから得られる情報など何一つないため、いっそ視界を塞いで、語られる噂話の内容に、神経を集中させているのだ。

ともあれ。招の語りを聴き終わったハルは、ゆっくりと瞼《まぶた》を開いて、一言。

「――四つ子、出てこねーじゃねえか」

その横で、まだ招の語りの余韻《よいん》に浸《ひた》りながら、久路もうなずいた。

真っ先に気になったのは、やはりそこだ。今回ハルが真偽を鑑定する噂は『四つ子の十字路』の噂話だということなのに。

「ひょっとして、あの十字路にまつわる噂には、いくつかパターンがあるのか？　招」

「そういうことだね」

うなずかず、招は答えた。その声は、抑揚と感情にひどく乏しい、この人の普段の話し声に戻っている。

「四つ子の十字路にまつわる噂は、大きくまとめれば三つの噂話になる。今話したのは、三つのうち、いちばん最初に広まった噂だ」

そして――と。髪の毛一本揺らさないままに、招は続けた。

「これが、二つ目の噂話」

×

こんな話は知ってる？

最近さあ、南間日笠小学校で、やけに遅刻する生徒が多いんだって。

それで、その遅刻の原因ってのがね。なんでも、通学路の途中にある、十字路のせいらしいんだよ。その十字路は、スクールゾーンになってる、住宅地の中のごく普通の道路なんだけど……。

じつは、その十字路は、あの世に繋がってる道なんだって。

その十字路を一人で通ったり、目をつぶって通ったりすると、その人は、あの世にある道に迷い込んじゃうらしい。ほんとほんと。噂を聞いて、面白がってその十字路に行ってみた生徒が、何人も。本当にあの世に迷い込んでさ。迷い込むとなかなか帰ってこれなくて、そのせいで遅刻しちゃうんだ。だから、あの小学校では今、遅刻が増えて問題になってるらしいよ。

で、あの世に迷い込んだ生徒たちの話ではさ。あの世がどういう場所かっていうと、それは、普通の町なんだって。景色の雰囲気は、この町とよく似てて。でも、見たことのない、知らない町。そこには、コンビニとか自動販売機とかもあって、食べ物や飲み物も売ってるんだ。

でもね。いくらお腹《なか》がすいたり、喉が渇いたりしても、その世界にある食べ物や飲み物を口にしちゃ、絶対にダメなんだって。それを守らないとね。二度と、こっちの世界に帰ってこれなくなっちゃうんだ。

そういう、噂だよ。

×

二つ目の噂話でも、まだ「四つ子」は出てこない。

隣で、ハルが不意に立ち上がった。どうやら、窓を閉めに行くようだ。そういえば、冷房のおかげで、そろそろ部屋の粗熱が取れてきた頃合《ころあ》いである。招の語りに聴き入っていた久路は、なかば意識を奪われたようになっていたので、そんなことには気づかず、ハルに席を立たせてしまった。

窓を閉め、カーテンを引いて西陽を遮《さえぎ》ると、ハルは再びもとの席に戻ってきた。ハルが椅子に腰を下ろして、そうして、部屋の物音が止《や》む。蟬の鳴き声が窓ガラスでいくらか遮断《しゃだん》されたぶん、室内は、先ほどまでよりもずっと静かになった。

ハルは、招を見つめ、沈黙《ちんもく》で先を促した。

招は唇を開き、三つ目の噂話を、語り始めた。

×

こんな話を聞いたんだけどさ。

南間日笠小学校の近くの十字路に……四つ子が、出るんだって。

うん。四つ子だよ。真っ白なお揃いの着物を着た、同じ顔をした子どもが、四人。

それがときどき、十字路に立ってるらしい。交差点と、そこから延びる道との、ちょうど境目辺りに。四本ある道のそれぞれに、一人ずつ、ね。……そうそう、スクールゾーンの途中の。瓦屋根の「まちのけいじばん」がある、あそこの十字路の話。

その四つ子はね、四人のうち三人は、十字路の中心を向いてるんだ。それで、残りの一人が、他の三人に背を向けるようにして立ってる。

で、ここからが大事なとこなんだけどさ。

その十字路に行って、四つ子に出会ったとき。

道の先にいるのが、十字路の中心を向いてる四つ子だったら……つまり、その四つ子が、こっちに背中を向けてたら、そのときは、特に何もない。大丈夫なんだ。けどね。もし、道の先にいるのが、他の四つ子に背中を向けてる……つまり、こっちに顔を向けて立ってる四つ子だったら。四人のうち一人だけ向きの違う、その四つ子に、運悪く当たってしまったら。そのときはね、この世ではない別の世界に、迷い込んでしまうんだって。

この世ではない別の世界は、この町によく似た景色の場所なんだけど、誰も住んでいない、無人の町なんだ。

迷い込んだ人は、その町から出られない。ずっとずっと、無人の町をさまよい続けて……。そのうち、お腹が減って、喉が渇いて。最後には、もう一歩も動けなくなって、倒れてしまう。

そうしたら、その倒れた人のところに、四つ子がやってくるんだ。

四つ子たちは、その人をもといた十字路まで運んでいって、それから、その人を、道路の下に埋めてしまう。

そうすると、四つ子のうちの一人が、その十字路からいなくなる。

でも、四つ子が三人に減ることはないんだ。なぜって？　いなくなった四つ子の代わりに、今度は道の下に埋められたその人が、新しい四つ子の一人になるからさ。

……あの十字路、ね。

その昔、四つ子の子どもが、埋められた場所なんだよ。

それで、本当は、その四つ子の祟《たた》りを封じる祠があったんだけどね。十字路から、少し離れたところにある道の、道端にさ。祀ってあったんだ。

けど、その道で、つい最近、道路の拡張工事があってさ。あのへん通って学校に来てる生徒なら、知ってると思うけど。

あの工事のときに、四つ子を祀ってた祠が、取《と》り壊《こわ》されちゃったらしいんだ。

それで、今になって、四つ子があの十字路に現れるようになった……って。

まあ、そんな噂があるって話。

×

三つの噂話を、すべて語り終えて、招は言った。

「さあ、どうかな。今語った三つの噂話は、真実から生まれた『本物』かな。それとも、真実ではない噂から生み出された『偽物』なのかな。もし、噂が偽物だというのなら、どこからどうしてこんな噂が生まれたのか、それを教えてよ」

　招からハルへの、いつもの問い掛け。

　それを受けて、ハルは考え込む。

　久路もまた、先ほど招が語った話を思い返した。そうすると、魅惑的《みわくてき》な余韻が甦《よみがえ》る。

　今回の三つの噂話は、そのどれもが、久路にとってはとりわけ心惹かれるものだった。

　いずれの話も、いわゆる怪異譚《かいいたん》とか、奇譚とか呼ばれるもの——不思議で、奇妙で、非現実的な話だ。でも、それだけで、噂がただの作り話だと断じることはできない。

　こういう噂にも、たまに「本物」が混じっていることがある。この世ならぬモノが引き起こす怪異は、稀《まれ》にあるのだ。

「なあ、招」

　と、ハルが口を開いた。

「先にいくつか確認しておくが……。まず、三つの噂話は、すべて同じ十字路、まったく同一の場所にまつわる噂話、ってことでいいんだよな？　……具体的な住所とかがなかったから、一応聞いとくぜ」

「ああ。それは、そうなんじゃないの」

「なんじゃないの、っておまえ」

「俺に噂を教えた人たちは、『南間日笠小学校の近くの、スクールゾーンの途中にある、瓦屋根の『まちのけいじばん』が立ってる十字路』って言い方してたからね」

「うーん……。てことは少なくとも、その言い方で、どこの道のことを言ってるか伝わる場所、ってことか。それなら、同じような条件の十字路が他にもある、ってことはないんだろうな、確かに」

似たような紛らわしい場所があれば、そこと区別して場所を特定するための言葉が、さらに噂に付け加わるだろう。小学校の近く。スクールゾーンの途中。「まちのけいじばん」が立っている。その三つの条件を兼ね備えた十字路は、ハルの言うように、一ヶ所だけだと考えてよさそうだ。――「まちのけいじばん」というのは、道端にある、遠目には大きな立て札のようにも見える、あれのことか。町内のお知らせ、とかのチラシが貼《は》ってあったりするやつだ。

「んじゃ、もう一つ。おまえはさっき、一つ目に語った噂が『いちばん最初に広まった噂』だと言ったな。残り二つの噂に関しても、噂の広まった順番は、おまえが語った順番と一致してるってことでいいか？」

「ああ、そうだね」

「それぞれの噂が、どのくらいの間隔をおいて広まったかってのは、わかるか？」

「うーん……。俺が聞いた限りだと……。一つ目の噂を聞いてから、二つ目の噂は、割とすぐ耳に入ってきたね。一週間もなかったかな。でも、二つ目の噂を聞いてから三つ目の噂を聞くまでには、けっこう間があった。たぶん、一ヶ月くらい」

ふむ。と、ハルはうなずいた。

「ちなみに、招。三つ目の噂で、ハッピーエンドっつうか、何か救済策のあるパターンのものは聞いてないか？　こうこうこうすれば、無事にもとの世界に帰ってこれる、っていう……」

三つ目の。それは、唯一四つ子が登場する、怪談色の強い噂話だ。他の二つと異なり、その噂だけ、怪異に遭った人物が無事に帰ってくることなく話が終わる。そうでないパターンというのは、果たして——。

「さあ。俺は、聞いたことないね。ないんじゃないの、そんな話は」

「ほう？　……だったら」

ハルは、眼光を鋭《するど》くして、机の上に身を乗り出した。

「その話は、誰がどうやって人に伝えたんだ？　四つ子に出会ってこの世でない世界に迷い込んだ人間が、二度と戻ってこれずに新しい四つ子になっちまうってんなら、その話を伝えられる人間は、この世に存在しないって道理にならねえか」

つまり、と、ハルは語気を強める。

「三つ目の噂に関しちゃ、少なくともこれは作り話だと——」

「それはどうかな」

あっさりと、招は断定を退《しりぞ》ける。

「もしかしたら、もと四つ子が、その話を伝えたのかもしれないじゃないか。三つ目の噂は、新しい四つ子と入れ替わりに、それまでの四つ子の一人がもとの世界に帰ってこれる……とも解釈できるからね。そういう意味では、救済策が見出《みいだ》せない話でもないのかな。……あるいは、噂では語られてないだけで、後ろ向きの四つ子に出会った人が、その四つ子から、話を聞いたのかもしれないしね」

「……む」

言い返されたハルは、眉《まゆ》を歪めて、乗り出したぶんだけ身を引いた。

招の言い分は屁理屈《へりくつ》のようにも思える。しかし、だ。そもそも、この「噂の鑑定」において、大事なのは「いかに招を納得させられるか」なのである。いかに招を言いくるめることができるか、と言ってもいい。

ハルは聞こえよがしに舌打ちして、また考え込んだ。所在なさげなその手が、小指に結ばれた黒い糸を、しきりに手繰《たぐ》る。

「……あの」

と。停滞しそうな空気を感じた久路が、そこで口を開いた。

「そろそろ、お菓子でもいかがですか？　招さんも、語りを終えられたことですし」

「ああ、そうだね」

いただくよ。と、招は、菓子皿に盛られた最中に手を伸ばした。

しかしその瞬間。最中の山に、すばやく両手を覆い被せて、ハルが言った。

「待て待て。この最中は、食い方があるんだから」

「……ん？」

動きを止めた招の前で、ハルは最中の袋を一つ手に取り、それを破く。

和紙風の加工がなされた袋の中からは、最中――いや。

出てきたのは、空っぽの最中の皮だけ、だった。

ハルはそれを招に手渡す。

久路は、個包装の袋を掻き分けて、菓子皿の底に埋まっている「餡」を取り出した。

三種類の餡は、それぞれ大きい水羊羹《みずようかん》のカップみたいな容器に入っている。カップ一個につき、この最中二つぶんの量の餡となっていた。

「招、ジャンケンだ。じゃーん、けーん」

「グー」

唐突に挑まれたジャンケンに対し、招は、あくまで手は使わず、声だけで応戦した。

一方、見越したようにハルが出した手は、パー。ハルの勝ちである。

「よし。そんじゃあ、おまえは一個目の最中、餡無しな。何を隠そう、この最中には、ジャンケンをして負けたやつは餡を手に入れられない、という厳格《げんかく》な作法があるんだ」

「ハルさん、真顔でそんな……」

なんとなく、招は「手詰め最中」というものを知らないような気がしたので、久路は思わず横から口を挟んだ。――それを知らないからといって、ハルの言うことを真に受けるかどうかは、わからないけども。

「えっとですね、招さん。これは、この付属のスプーンで、自分で餡を詰めて食べればいいんですよ」

「ふうん、そういうものなんだ。……でも、なんで、わざわざ自分で餡を。前もって詰めてくれてたほうが、食べるのに手間がなくていいのに」

「えっと、それは」

一呼吸置いてから、久路は、招に解説する。

「一言で言えば、皮と餡の食感のためですね。あらかじめ餡が詰められている最中だと、餡の水分が移って、どうしても皮がしけってしまうんです。パリパリの皮を楽しみたいなら、餡は後入れがいいんですよ。……で、その餡のほうにしても、普通だと、なるべく皮をしけらせないよう、最中の餡というのは、硬めに作ってあるものなんです。寒天とかを混ぜたりして。いかに食感を損なわず絶妙な分量の寒天を使うか、というのも職人技なのだそうですが。手詰めだと、それに勝《まさ》る柔らかな餡にできるので……。まあ、私は、食べたことはないんですけどね」

図書館にあった、『銘菓百選』だったかなんだかの本で、読んだことがあるだけだ。

「つまり、パリっと香ばしい皮に、とろっと柔らかな餡――それぞれが本領発揮した皮と餡のハーモニーを楽しめるのが、この手詰め最中の魅力なわけだ。……それに加えて、餡の量を自分好みに調節できるってのも、いいところだな」

久路の解説を引き継ぎながら、ハルは、自分の最中の皮に餡を詰めていく。しかし、ハルのはどう見ても詰めすぎだ。餡が皮から溢《あふ》れているというか、それもう、餡の塊に皮をくっつけてるだけじゃないか。その比率の皮と餡に、果たしてハーモニーはあるのだろうか。そんな状態にするのなら、いっそのこと餡だけ食べればいいのでは。

などと思いつつ、ふとハルの顔を見た久路は、そこで気が付いた。

ハルの目は、心ここにあらずといった感じで、ぼんやり宙を眺めていた。

おそらくは、招に電話を掛けてきた人の安否が、気に掛かっているのだろう。

ハルは、黙っていれば集中できるといったタイプではないようだから。最中のハーモニーなど謳《うた》いながらも、きっと、頭の中では休みなく考え続けていたのだ。先ほど招が語った噂の、その真偽を。

とはいえ、そもそも甘いもの好きな人なので、その盛大な餡の盛り方が考え事をしてるせいなのかどうかは、定かではない。

「あの、ハルさん。ちなみに、三つ目の噂の最後については、どうなんですか？　十字路に、昔、四つ子が埋められた、っていうのは」

「……少なくとも、俺は、聞いたことがねえな。そういう言い伝えは」

それなら、その部分については、作り話の可能性が限りなく高い。

ハルは、この異角の土地に伝わる民話、伝承をほぼ知り尽くしている。「異角の土地における郷土資料の管理、作成、提供」が主要業務の一つである郷祭事務所の所長代理は、伊達《だて》ではない。郷土資料なるものには、民話や伝承の類も含まれるからだ。

それが、たとえば今日やっていた、「神さまの身の上調査」に役立つこともある。

もっとも、ハルに言わせれば、「民話」「民間伝承」というのは、昔話には限らないのだとか。というのも、先ほど招が語ったような、噂話の類。あれらだって、立派に民話の一種なのだそうだ。現代に生まれる民話、現代を舞台《ぶたい》にした民話だから、そういったものは「現代民話」と呼ばれているらしい。たとえば、いわゆる都市伝説や、学校の怪談なんかも、代表的な「現代民話」なのだという。それを聞いてからというもの、久路は、民話というものに、ある種の特別な思い入れを抱くようになった。

郷祭事務所では、古い民話だけでなく、異角で日々生まれる現代民話もまた、随時採集してはいる。だが、リアルタイムで生まれ、口伝えで広まり、変容していく噂の数々をあまさず知ることなど、さすがにできるものではない。——異角の町中にある黒電話で噂を集めている、カタリべでもなければ。

招の語り。ハルの探究。どちらが欠けても、この鑑定は成り立たない。

噂の真相を解き明かすためには、この二人が、結果的にではあるが、力を合わせる必要があるのだ。

「君が知らないからというだけじゃ、その話が嘘だという確証にはならないな」

「わかってるよ。文献や口承が広まらず、一部の人間の間にしか伝わってなかったって可能性が、ないとは言えん」

そして、なんだかんだいって、招は内心、ハルとのこういう問答をけっこう楽しんでいるのではないかと、久路は思っている。だから、毎回律儀《りちぎ》にハルを自分のもとへ呼んで、鑑定を行わせるのではないか、と。

まあ、そこは茶菓子目当てという可能性も、否定はできないけれど。

「でも、四つ子が埋められたって、なんだか突飛《とっぴ》な話ですね。……作り話だとしても、どうしてそんな話になったんでしょう？」

久路が尋ねると、ハルは、ちょっと顔をしかめながら、

「うーん、そこは……。昔はな。四つ子に限らず、双子三つ子でも、それを忌《い》み嫌う風習っつうか、そういう意識があったんだよ。それでかもしれないな。……けど、その割にゃ、噂の中には畜生腹とかの言葉も出てきてないか。……ないのか？　招」

「ああ。この噂に関しては、そんな言い回しは一度も聞かなかったね」

「そうか。……四つ子が埋められたってことにするなら、昔のそういう迷信でも絡めといたほうが、話に説得力が生まれるだろうにな。……この話を作った人物が、単純にその手の知識まで持ち合わせてなかったのか。あるいは、その人物が、そういった差別的な話を良しとしないやつだったのか……」

ハルの口ぶりは、もう完全に、噂が「偽物」だということを前提にしている。

当然だった。そもそもハルの目的は、噂の真偽を鑑定すること、ではないのだから。

ハルにしてみれば、噂が偽物であれ本物であれ、招に語り替えをさせて、怪異を鎮め、

その怪異に悩まされている町の人を助けることができれば、それでいいのだ。
ただ、そうはいっても。
招を納得させるには、噂の真相を解き明かすことが、結局はいちばんの早道である
ことに違いない。
それに――。
もしも、「本物」である噂を、招に語り替えさせてしまったら。そのときは。
久路は、ハルの左手に目を落とした。
その小指には、黒い糸が結ばれている。
さっき、ハルがしきりに手繰っていたその糸は、テーブルの上にしなやかな線画を
描いていた。それだけ手繰っても、糸の弛《たる》みは最初のときとまったく変わりない。ど
こまで引っぱっても手応えのない糸。その先がどうなっているのかは、決してわから
ない。今は、まだ。
「ハルさんは、三つ目の噂話に関しては、事実に尾ひれが付いたとかそういうもので
はなく、完全な作り話だと考えてるんですか？」
「ああ、そうだな」
うなずいて、ハルは、完成した餡大盛り最中を齧《かじ》る。大量の餡で皮が閉じられない

ので、もう上下の皮を別々にして、二つのタルトみたいな様相にして食べるしかない。

「事実に尾ひれが付いて……あるいは、それまであった……十字路の噂話が、さらに膨《ふく》らんで生まれたに……しては。……三つ目の噂は、どうにも不自然だ」

咀嚼《そしゃく》しながらそこまで言い、ハルは、口の中のものを冷たい茶で一気に流し込んだ。

「久路が言った『突飛な話』って印象は、俺もそう思うぜ。ただし、四つ子が埋められたって部分じゃなくな。話に四つ子が登場すること、それ自体に対しての印象だ。……一つ目の噂から二つ目の噂への変容は、これはまだわかる。だが、二つ目の噂と三つ目の噂との間には、あまりにも飛躍《ひやく》があるんだ」

「飛躍、ですか」

「ん。噂の変容ってのは、伝言ゲームみてえなもんだからな。噂にどんどん尾ひれが付いて、いつの間にか、最初の話とはぜんぜん違う話になってる……ってのは、確かにありがちなんだが。しかし、それにしても、だ。三つ目の噂の場合、一つ目の噂にも、二つ目の噂にも、影も形もなかった『四つ子』という要素が、いきなり登場してる。不自然に感じるのは、そこなんだよ。三つ目の噂の核となる『四つ子』。――こいつは、一体どっから出てきたんだ？　ってな」

「んー……。話の舞台が、十字路――四つ辻、だからですかね？」

一応言ってみたものの。それは、ただの数合わせだな、と久路は思う。

「四つ辻、かあ。……まあ、そうだな。一つ目、二つ目の噂の中で、かろうじて四つ子を連想させる……というか、四つ子に繋がりそうな部分ってえと、せいぜいそこくらいか。しかし、それだけで、三つ目の噂のような話が生まれるかねえ……」

ハルの口調は、悩んでいるというより、話しながら可能性を整理しているような感じだった。

招は、黙ってそれを聞いている。最中を食べつつ。先ほどから、ぱりっ、ぱり、と、最中の皮を噛み割る小気味良い音が会議室に響いていた。

「四つ子のこと以外にも、三つ目の噂にはいろいろ気になる点がある。それまでの噂と比べて、妙に物語性の強い話になってるところとか。あとは、さっきもちょっと言ったが、前二つの噂と違って、迷った人間が無事に帰ってこられないところとかな。……とにかく、同じ十字路にまつわるこの三つの噂を見たとき、三つ目の噂だけが、やけに異質なんだ。三つ目の噂が、前の二つの噂から自然発生的に生まれたものだとは、どうにも思えない」

「……それは、三つ目の噂が真実だからこそ、じゃないのかな」

と、招がそこで口を挟む。

「一つ目、二つ目の噂が偽物だとしても、それとは関係のない本物の噂が、たまたまあとから広まったのかもしれない。それなら、三つ目の噂だけが他と比べて異質であっても、不自然ではないよね」

「たまたま、同じ十字路の噂がか？　それも、あとから本物が？」

「なくはないだろう。そういう偶然も」

「……そりゃ、絶対にありえないとは言えんが……」

鬱陶《うっとう》しげな顔をして、ハルは招を睨む。そして、少しの間のあと、こう述べた。

「思うに――。三つ目の噂だけが異質なのは、それが最初から『完成された物語』として語られ、広められたからだ。それも、明確な目的のもとに。極めて意図的に、な」

「……と、いうと？」

問い返した招を、ハルはまっすぐに見据える。その招は、依然、パリパリと最中を食べているが。

「まず、三つの噂がそれぞれ広まるまでの間隔だ。一つ目の噂が広まってから二つ目の噂が広まるまでには、さほど間がなかった。つまり、一つ目の噂は、容易に二つ目の噂へと変容した。だが、二つ目の噂が広まってから三つ目の噂が広まるまでには、約一ヶ月という期間が掛かった。そうだな？　招」

「ああ」

「これがどういうことかって言うとだな。あの十字路の噂は、二つ目の噂の形で、いったんは安定してたってことだ。一つ目の噂と違って、二つ目の噂は一ヶ月もの間、形を変えることがなかったんだからな。それは、噂の中に、それ以上変容する余地のある要素がなくなったことを意味する。……にもかかわらず、だ。噂は、また変容した。しかも、きわめて大きな飛躍のある、四つ子の話に」

ハルは、そこで一口、茶を流し込む。

「不自然なのは、二つ目の噂と三つ目の噂を繋ぐ『中間の噂』がないことなんだよ。噂が人から人へと語られていく過程で、自然と話に尾ひれが付いて、話の内容が変わっていったってんなら、噂はグラデーションを描くように、少しずつ変容していきそうなもんだ。そのグラデーションが見当たらねえのは、『すでに完成した話』を、誰かがいきなりばらまいたから。……そんなふうには思えねえか？」

「ふうん……」

招は、肯定ともなんともつかない相槌《あいづち》を打つ。

「それで。一体誰が、なんのために、そんなことをしたというの。君は、さっき言ったよね。三つ目の噂は、明確な目的のもとに、意図的に広められたものだ、って」

そこがわからないことには、確かに招も納得のしようがないだろう。とはいっても。

「なんのために……は、まだしも。誰が噂を作って広めたか、なんて、さすがにハルさんには知りようがないのでは……」

「いや。一応、そこも見当はついてる」

ハルのその言葉に、久路は驚《おどろ》いた。招の語った噂話と情報から、そんなところまで推測できるものなのか。

「もしかして、その人は、ハルさんのお知り合いの方とか……？」

「あ、いや。そこまで具体的にわかってるわけじゃねーんだ。あくまで見当ってだけで……。それも、合ってるのかどうか、ここじゃ証明のしようがないわけだが……」

頭を掻いて、たとえば、とハルは言った。

「南間日笠小学校の教師、なんてのが、ありそうなところではあるな」

「学校の先生？」

久路は思わず、少し大きな声を上げて、聞き返した。

「先生が、噂を作って広めた？　どうしてまた、そんなことを」

久路が問うと、ハルは、浅くうなずいて答えた。

「脅しだよ。生徒たちへの。……ほら、二つ目の噂にさ。あの十字路のせいで、小学校で遅刻が増えて問題になってるって、あっただろ？　それ自体は事実だったと思うんだよな。『通ると遅刻する十字路』って噂が広まって、そのあとで、噂が本当になったんだ」

誰かさんのせいで、と、ハルは招を睨《ね》め付けた。

招は知らん顔だ。

「教師がその噂を信じたかどうかは、わからねえ。だが、遅刻した生徒に『不思議な十字路のせいで遅刻しました』なんて言い訳されても、困るだろう。それなら仕方ないってわけにもいかねえし、かといって、同じ理由で遅刻する生徒があまりに多ければ、頭ごなしに噂を否定するってのもやりにくい。何かの間違いだ、勘違いだ、って言葉が説得力を持たなくなるからな。それでも噂を否定するってことは、たくさんの生徒を、一方的に嘘つき呼ばわりするってことだ。生徒との関係を悪化させたくない教師なら、それは避けたいところだろう。……そこで、だ。その教師は、『十字路のせいで遅刻しました』って言い訳を生徒にさせないために、もとを断とうと考えて、噂を広めたんだ」

「……生徒が、その十字路に近づかないようにするため、ですか」

ハルは、今度は大きくうなずいた。

「そう。だからその噂は、生徒にしっかりと恐怖を与えられるような、怪談要素の強い、救済策のない物語である必要があった」

「そっか……。それで、三つ目の噂だけ、迷った人が無事に帰ってこられない、バッドエンドだったんですね」

うなずき返して、久路は、はあ、と小さく溜め息をついた。

ハルは、噂の鑑定を終えるまで、この場から動けないのに。外に出て、現場を調査したり、聞き込みをしてくるなんてことは、一切できないのに。それでも、招の語る噂話と、招の持っているわずかな情報だけを手掛かりに、あとはそれらの分析と想像だけで、筋の通った「真相」を、ここまで組み立てられるとは。いつもながら、本当大した人だと、久路は思う。

そこで、最中を一個食べ終えた招が、次の皮を手に取りながら、ぽつりと言った。

「ほんとに、ここでは証明のしようがないことだよね」

「しょーがねーだろ！　今回に限らず、噂の鑑定ってそーゆーもんなんだから。おまえの要求どおり、こうして糸も結んでんだから、それでいいだろ！」

「まあ、いいんだけどね。俺が納得でききさえすれば」

「――……」

ハルは腹立たしげに顔を歪めて、手の中に残っている最中をばりばりと噛み砕き、あっという間に呑み込んだ。

「さっきのに加えて、もう少し言うなら……。教師だったら、畜生腹って言葉を使わなかった理由がわかるんだよな。自分の教え子の中にも、双子とかの生徒はいるかもしれないし。まあ、そうでなくたって……。たとえ、自身に差別の意図なんてなかったとしても……怪談の味つけ程度であっても、小学生の生徒らに向かってそういう話をすることに、教師なら、特にためらいがあってもおかしくない」

もちろん、噂を作ったやつが、単にその手の迷信を知らなかっただけの可能性もあるが。と、ハルは付け加えた。

ハルは、一つ息をついて、冷茶のグラスに手を伸ばした。

束《つか》の間《ま》、会話が途切れる。

しかしそのとき。

「どうして、『四つ子』なのかな」

「……あ？」

招の問いとも呟きともつかぬ言葉に、ハルは手を止めて、怪訝《けげん》そうに眉を寄せた。

「いや……どうしても何も。今言ったような経緯《けいい》で生まれた噂なら、それが前の噂と繋がってなくたって、別におかしくないだろ。噂の中に何が出てきたって、不思議じゃねーよ」

「そうだね。子どもを怖がらせるためなんだから、恐ろしさとインパクトさえあれば、どんな化け物を話に登場させたっていいわけだ」

――別に、四つ子でなくたって。と。そう言って、招は最中の角を小さく齧った。

「そ……れは。まあ、そうだが。けど」

「晴生の考えが正しければ、噂を作って広めた教師というのは、なかなか思慮深く、子どもへの配慮を持った人物のようじゃないか。……そんな人間が、『道に四つ子が埋められてる』なんて陰惨な話を、好んで作って語るものかな。作り話とはいえ、子どもが理不尽に犠牲《ぎせい》になったって話をさ」

招のその疑問に、ハルは、ハッと息を呑む。

「君の言ったとおりなら、件《くだん》の十字路に出るのは……たとえば、同じ仮面を被った大人《おとな》の怪人でも、同じ顔をした不気味な老婆でも、なんでも構わないよね。赤マントにしろ、口裂け女にしろ、かつて子どもたちを震《ふる》え上がらせた怪談話には、大人の姿をした化け物だって多いんだからさ。大人の化け物を出したら話の恐ろしさが薄れる、なんてことはないはずだ。……なのに、この噂に登場する化け物を、どうしてわざわざ、四つ子――子どもにしたんだろう」

「……それは。……いや、でも。案外、話を作ったやつは、子どものつもりで『四つ子』って言ったわけじゃ、ないのかもだし……」

「確かに、大人であっても、四つ子は四つ子かもしれないけどね。でも、それなら話を作ったその人は、『同じ顔の何々』だとか、そういう言い方をするんじゃないかな。話の聴き手が、同じ顔をした『子ども』を思い浮かべてしまわないようにさ」

「……いや。……そりゃあ、ほら。……単に、そこまで神経質にはならなかったって、だけなんじゃゃ……」

　そう反論《はんろん》するハルの声は、しかし、だんだんと小さくなっていく。

　招の指摘には一理あると、ハルも思い直したのは、明らかだった。


　三人を、再び沈黙が包む。

　それを破ったのは、またしても招だった。

「ちなみにさ。一つ目の噂と二つ目の噂の繋がりに関しては、晴生、どう思うの。二つ目の噂に出てくる、『あの世に繋がってる道』とか、『その世界の食べ物や飲み物を口にしてはいけない』なんて話は、一つ目の噂には、まったく出てこないけど」

「ああ……そこに関しては。俺は、さほど不自然には感じなかった」

さっき飲み損ねたお茶を、ぐびっと流し込んで、ハルはぷはっと息を吐いた。

「よく知ってるはずの道を通って、見知らぬ道に迷い込む。それは、不思議な出来事に違いない。その現象を、怪異として説明づけようとするなら、『この世のものではない何者かが、その人を道に迷わせた』か、あるいは『迷い込んだその道が、異世界、異次元、異時空だった』か。その、どっちかのパターンに、たいてい収まるだろう。……今回の噂では、たまたま後者が採用されたって程度のことだ」

「それはまた、ずいぶんと大雑把《おおざっぱ》な見解だね。……異世界、というなら、何も、それが『あの世』でなくたっていいじゃないか。噂では、迷い込んだ先の景色は、この世とよく似た町なんだろう。川のほとりのお花畑でもなければ、雲の上でもない。なのに、どうしてその世界が、『あの世』として語られることになったの」

「さてな。……何か、そういう雑談でもあったんじゃないか」

「雑談？」

「何気ない会話から噂話が生まれることって、けっこうあるもんだぜ？　……そうだな。たとえば、こんな話はどうだ？」

そう言って、ハルが語ったのは、次のようなあらましだった。

「一つ目の噂では、最初に十字路を通って遅刻したのは、五年生の生徒だって話だったな。噂の発端となったその人物を……まあ、仮に、マイコちゃんとでもしておこう。

マイコちゃんはその日、いつも通る十字路を通り過ぎた先で、なぜか、道に迷ってしまいました。そして、迷子になって歩いている途中で、見知らぬ食べ物屋さんを見つけたのです。それは、パン屋さんだったのか、ケーキ屋さんだったのか……まあ、なんの店でもいいんだが。とにかく、おいしそうな食べ物が売っている、すてきなお店でした。マイコちゃんは心惹かれましたが、学校へ行く途中で迷子になってしまったという、そんな状況で、買い食いなんかしている場合ではありません。残念に思いながらも、店には立ち寄ることなくそこを通り過ぎました。そうして、しばらくさまよったあと、どうにか知っている道に戻って、遅刻はしたものの、無事学校にたどり着くことができたのです。

さて。そんな体験《たいけん》をしたマイコちゃんは、その日のうちに、クラスメートたちにこの出来事を語りました。その話はあっという間に噂となって、学校中に広まりました。それから、さらに一週間ほど経《た》ったあと。マイコちゃんは、思い出したようにまた、友達と例の出来事について話をしていました。『本当に、何度考えても、不思議な話よね』と。——すると、それを聞いた友達は、冗談半分にこう言ったのです。『マイコちゃん。もし、途中で見つけたそのお店で、何か買って食べていたら、迷ったまま、帰ってこれなくなってたかもしれないね』……と」

ハルは、そこで言葉を切って、口を閉じた。話は、それで終わりのようだった。語られたその話は、まったくのハルの想像なのだろう。

しかし、久路にはピンときた。その話で、ハルが言わんとしていることは、つまり。

「それって……マイコさんのお友達が、黄泉戸喫《ヨモツヘグイ》を知っていた、ということですか？」

「そのとおり。黄泉《よみ》――死後の世界の食べ物を口にすると、それを食べた者も死後の世界の住人になってしまい、二度ともとの世界へ戻ることができなくなる……ってやつだな。神話にも出てくるし、現代の創作物でも、いろいろな作品の中で使われてるモチーフだ。よくある話の展開の一つだから、黄泉戸喫という言葉は知らなくても、その話の展開自体を知ってるやつは少なくない。小学生が知っていて、それを雑談の話題にしたとしても、おかしくはないだろう。――そして、その何気ない雑談から話が膨らみ、二つ目の噂が生まれた。『迷い込んだ場所＝《イコール》あの世』説が生まれた経緯は、こんな感じじゃないかね」

ハルは、黙々と最中を食べている招のほうへ、目をやった。

招は、ふうん、とまた曖昧な相槌を打って、

「まあ、それも、この場では証明のしようがないことだけど。……一応、そういうことで納得しておくよ」

「そりゃどーも」

「それじゃあ、次は、一つ目の噂だね」


話は、今まで深く触れられることのなかった、最初の噂に踏み込んだ。

久路は、今さらながら最中の皮に手を伸ばして、手早く、少し控えめに餡を詰めた。ハルと招の話に気を取られて、自分が飲み食いすることを、すっかり忘れてしまっていたのだ。

「一つ目の噂――『通ったら道に迷う十字路』だ。これについては、どう思う。さっきの君の話に出てきた、マイコちゃんが、その十字路を通って迷ってしまったって出来事は、本当に怪異だったのかな。それとも……」

「違うな。一つ目の噂は、これも『偽物』だ」

ハルは、はなからそう言い切った。

「一つ目の噂には、いちばんわかりやすい矛盾《むじゅん》があるからな」

と。どうやら一つ目の噂に関しては、これまでよりもはっきりとした、確信があるようだ。

「その噂ではさ。十字路を、『一人で通ったら』『目をつぶって通ったら』道に迷うって、条件が付いてるだろう？　それは、なぜだと思う」

「………」

ハルの問いに、招は答えない。

久路も、一応考えてみる。でも、わからないので、頭に浮かぶのは、今食べている最中の味の感想だ。パリッと香ばしい皮に、とろっと柔らかな餡……ハルの言ったとおり、両者が本領発揮している感じ。とても美味《おい》しい。が、これは従来の最中とは、けっこう別物かもしれない。……かもしれない、というのは、そもそも、普通の最中を最後に食べたのが、確か小学二年生くらいのときのことだったからだ。比較しようにも、普通の最中の味や食感の記憶が、すでにだいぶ薄れている。でもたぶん、普通の最中が食べたいときにこれを出されたら、ちょっと釈然としない。同様に、手詰めの最中が食べたいときに「これでいいでしょ」と普通の最中を出されても、あまり納得いかない。これは、そういう食べ物ではないだろうか。

それはともかく、話の続きである。

再び口を開いたハルの言葉に、久路は再度、意識を傾けた。

「そうだな、まず……南間日笠小学校の生徒の通学に関してだが。あそこの学校は、集団登校か個人登校かは学校全体では統一されてなくて、生徒が住んでる地区の交通事情とかによって違うんだ。件の十字路が通学路になる地区は、おそらく個人登校地区だろう。噂の内容から察するとな」

まあ、そうだろうな、と久路はうなずく。集団登校だったら、一つ目の噂のような話は生まれなかっただろう。

「しかし、それでも——だ。件の十字路は、小学校の近くにある、スクールゾーンになってる通学路だぜ？　朝は、たくさんの小学生がそこを通って学校に向かう。……登校時にそこを通るなら、普通、自分と同じ方向へ歩いていく、同じ学校の生徒たちが、周りにいっぱいいるんだよ。そいつらを目の前にしながら道に迷う、なんて器用なことは、まずありえない。前を歩くそいつらに付いて行きさえすれば、たとえ道を知らなくたって、行き着く先は同じ学校だ」

「あ……。確かに、そうですね」

「ああ。噂で語られてる『迷うための条件』も、そのことを反映したものだろう。あの十字路を、普通に通って道に迷うなんてこと、いくら不思議な力が働いていたところで、無理がある。小学生たちも、そう認識してるわけだ。だから、噂を語る際に、あんな条件が加えられた。そうでもしないと、あまりに信憑性《しんぴょうせい》のない話だったんだ」

「それじゃあ……。噂の発端になった生徒さん……マイコさん、は？」

彼女（？）は、いったいなぜ、そんな迷いようのない道で迷ってしまったのか。

久路の疑問に対する、ハルの答えは。

「マイコちゃんが十字路を通ったとき、周りには、同じ学校へ向かう生徒の姿なんて、なかった。なぜなら——」

そこで、一つ息を継いで、ハルは言った。

「マイコちゃんが通ったその道は、噂になってる十字路とは、また別の場所にある十字路だったから」

「……えっ？」

久路は、目を丸くした。

招もすかさず、ハルの唱えるその説に口を挟む。

「ちょっと待ってよ。その、マイコちゃんは、いつもの通学路と違う道を通って、それに自分で気づかなかったというの」

「そうだ。あの辺りは、噂にもあるとおり、ごく普通の住宅地だからな。見晴らしも悪いし、あまり特徴的な景色や道筋のない場所なんだ」

「だからといって、いつも通る道がわからなくなる、なんてことが……久路、ありうると思うかい」

招に問われ、久路は困惑した。ここは、できればハルに味方したいところだけれど。でも、さすがにそれは、無理があるんじゃないかと思う。

久路は、気まずくハルから目をそらした。

しかし、ハルは少しも怯むことなく、

「ありえなくはねえさ。考え事とかしてて、よっぽどボーっとしてるときとかなら。よく知ってる道を、うっかり間違っちまうことくらい、ないとは言えん」

「そうかなあ」

「ま、おまえはそれじゃ納得しねえよな。……けど、この場合は、ちっとばかし特殊な事情があったとしたら、どうだ？」

そう言われて、招は口をつぐむ。

その沈黙は、たぶん、首をかしげる動作と同じ意味を持っていた。

「噂の十字路があるあの辺りは、なんの変哲もない住宅地。特徴のない風景だからこそ、そこを通る者の意識は、何気ない物を強く印象に残し、道筋の目印にする。意識、っていうより、それは無意識って言ったほうがいいかもな。……さて。噂によると、件の十字路ってのは、瓦屋根の『まちのけいじばん』が立ってる場所なんだよな？　そういう掲示板は、果たして、その辺り一帯にそれ一つだけなのかね？　――そうとは限らねえんだなあ、これが。道路脇《わき》の掲示板をいくつ置くかってのは、まあ、地区によっていろいろで、決まりがあるわけじゃない。一つの公園の、南口と北口、両方に置いてるってとこもあるくらいだ。……それに、同じ地区内であれば、複数の場所に、まったく同じデザインの掲示板が設置してあっても、おかしくない」

つまり、と、ハルは続ける。

「噂の発端となった生徒――マイコちゃんが、その朝通った十字路には、噂の十字路にあるのと同じデザインの掲示板が、たまたま設置してあったんだ。そのせいで、マイコちゃんは、道を勘違いしてしまった」

「ん？」

と、そこまで聞いた招は、小さく疑問符を漏らした。

「君の言ってること、よくわからないな。たとえ、まったく同じ掲示板が立っている、景色のよく似た十字路がもう一つあったとしても、だ。マイコちゃんは、そもそもどうして、いつもの道じゃなく、その、もう一つの十字路を通ることになったんだ」

招の言うとおり。今の段階では、まだ、ハルの話は不自然極まりない。

　しかし、それに対する答えを、ハルはすぐさま返してみせた。

「道路工事さ。三つ目の噂の最後のほうに、確か、あったよな、そんな話が。十字路の近くの道で、道路の拡張工事があって、四つ子を封印していた祠が壊されたって。あれは、話に信憑性を持たせるためのディテールだろう。そしておそらく、工事は、実際にそこで行われたんだと思う。──そうでなきゃ、わざわざそんなエピソードを入れる必要がない。十字路の近くで最近道路工事があったかどうか、なんて、生徒にも簡単《かんたん》に真偽がわかっちまう可能性が高いからな。そこで嘘をつけば、むしろ一気に話の信憑性がなくなっちまう」

「それじゃあ、道路工事のあったその道が、マイコさんの──」

「そう。いつも使ってる、通学路だった。その道が、工事で通行止めになってたがために、マイコちゃんは道を遠回りしなけりゃならなかったんだ」

　そこで、一つ大きく息継ぎしてから、ハルは続けた。

「たとえば。その日の朝、通行止めの看板に出くわしたマイコちゃんは、いつもならまっすぐ北へ進むところを、仕方なく回り道しようと、いったん東に向かって歩き出した。通り慣れている道の近くだから、ちょっと遠回りしたからといって、よもや道に迷うなんてことは思わない。少し行ったところで、角を曲がってまた北へ歩き出せばいいだけだと思い、マイコちゃんは、さほど道筋に注意を払わない。加えて、マイコちゃんは、そのとき何か考え事をしていて、かなりぼんやりとした状態だった。で。東へ向かって少し歩いたマイコちゃんは、前方に、瓦屋根の付いた『まちのけいじばん』を見る。マイコちゃんはいつも、瓦屋根の『まちのけいじばん』がある十字路を、右に曲がって、学校に行っていた。掲示板のある十字路に来たら、そこを、右に曲がる。毎朝のその行動が、マイコちゃんの無意識の中には、深くインプットされていた。そこへぼんやりしていたことも手伝って、マイコちゃんは、いちど角を北に曲がり直さなければならないことを、すっかり忘れてしまった。道の先に、いつも見るのと同じ掲示板が立ってたもんだから、ついつい、歩いていってしまったんだ。

掲示板が立っていた場所は、そこもたまたま十字路だった。考え事に気を取られていたマイコちゃんは、それがいつもの十字路とは違う道だと気づかず、その十字路を、いつもどおり、右に曲がった。……そうすれば、いつもとはぜんぜん違う道に出ることになる。そして、掲示板のある十字路を――いつもの道だと思い込んでいるその十字路を、右に曲がった、ということはぼんやり覚えているから、マイコちゃんは『いつもの十字路を通り過ぎてから道に迷った』と錯覚《さっかく》するわけだ」

そこまで言って、ハルは、もう一度大きく息をついた。

「――一つ目の噂の真相は、そんなところだ」

ハルは、睨み付けるように目を細めて、招を見た。

招は、今度は異を唱えなかった。

その代わり、招の口から出てきたのは。

「……じゃあ、三つ目の噂に戻るけど。結局、噂を作った先生は、どうして話の中に『四つ子』を登場させたんだろうね」

「え？　戻んの？　そこに？」

予想外だったらしく、ハルはひどく頓狂《とんきょう》な声を上げた。

「うん。そりゃあ戻るよ。まだそこ、解決してなかったじゃないか。このままお茶を濁《にご》そうとしたって、そうはいかないよ」

「えー、いや……。うーん、けどさあ〜……」

ハルは困惑した顔で、ぼりぼりと頭を掻いた。

「さっきも言ったが……。それは単に、噂を作ったやつがそこまで深くは考えなかっただけ、って可能性も、かなり高いんだぜ？　陰惨な話といっても、四つ子が埋められる場面が詳しく描写されるような話じゃないし。おまえの言うとおり、あの噂は、確かに大人の姿の化け物を出しても支障のないストーリーではあるが、子どもの姿をした化け物は、それはそれで怪談話の定番なんだしよ」

「……でもなあ」

招は、あくまで納得しそうにない。

その様子を見て、ハルは、苛立《いらだ》ちの混じった怪訝な顔になる。

久路も不思議だった。ハルの言い分は、もっともなことに思えるのに。招はなぜ、その些細《ささい》な引っ掛かりに——謎《なぞ》でもなんでもないかもしれないそのことに、ここまでこだわるのだろう。

「四つ子………子どもの姿をした化け物を、話に登場させる必要性………。いや………あるいは、『四つ子』ってモチーフが先にあって、そこから話を作ったとしたら………うーん、しかし?………」

そんなことを、ぶつぶつと呟いたあと、ハルは口をつぐんでうつむいた。

その表情には焦りが見える。早いとこ、招に語り替えをさせたいのだ。今もこの世ならぬ町で迷っている、招に電話を掛けてきた人物のことが、心配で仕方ないのだ。

しかし、沈黙は長くは続かなかった。ハルは、黙って物を考えるタイプではない。すぐに再び口を開いて、久路に話し掛けた。

「久路。おまえ、最中、ちゃんと食ってるか？　それまだ一個目だろ？　遠慮すんなよ？　一人が全種類味わえるよう、数、多めに持ってきてんだから。餡もみっしり入れりゃいいからよ。皮が余ったら、あとでアイスとか入れて食おうぜ」

「あ、いえ。特に遠慮はしていませんが。これ、そんなにたくさん食べられるものでもないですし……」

「そうかあ。ま、俺も次で最後かな。……よし、最後の一個は、ブレンドでいこう」

「ブレンド？　何する気ですかハルさん」

「せっかく餡が三色あるんだから、ここは餡ブレンドだろう。これぞ、手詰め最中の醍醐味《だいごみ》じゃねえか」

「邪道だね」

「ああ？　てめえ、俺のオリジナルブレンドなめんじゃねーぞ。この店の餡の味を知り尽くした俺だからこそ、三色すべての餡が調和し、かつ互いを引き立て合う、完璧《かんぺき》な配合を実現させることができるんだ！　……小倉は、こんくらい。んで、うぐいす……。抹茶はすこし少なめに……。よし、できた！　久路。どうだ、半分」

「わあ、いいんですか？　いただきます」

「へえ。君は、そうやってオリジナルブレンドの美味しさを力説しておきながら、俺には味見もさせないつもりなのか。そういうの、人としてどうかと思うな」

「……食いたいなら食いたいと、素直に言えよ！」

めんどくさそうに返しながらも、ハルは、残った半分の最中を、ぞんざいに招に差し出す。

招は、それを受け取ろうと手を伸ばした。

その瞬間。

「——わかったああ！」

と、ハルが叫んだ。

その大声に、久路はびくっと肩を跳ね上げる。

一方、招は何事もないように、ハルの手から最中を受け取った。いや。口では「わっ」と小さく平坦な声を上げたのだけれど、最中に伸ばした手は、ハルの声にまったく動じなかった。驚きさえも、この人の動作には、いっさい現れることがないのだ。

「い……今の会話から、何がわかったんですか？　ハルさん」

「あ、いや。会話はミジンコほども関係ないんだが……。こいつが『四つ子』にこだわる理由——見えたぜ」

ハルの目が、鋭く招を見据えた。

「招──おまえ、ひょっとして、何か隠してるんじゃねえか？　噂に関して、知ってるのに、あえて言わなかったことがあるとか……」

「……なんのことかな」

問い返す招の声は平然としている。もっとも、声色に動揺を晒《さら》すような人でもない。

刺すような目をして、ハルは、さらに問う。

「あの噂の十字路が──『よつごの十字路』って呼ばれるようになったのは、いつのことからだ？　ひょっとして……三つ目の噂が広まる前から、すでに、そう呼ばれてたんじゃねえか？」

「…………」

招は答えない。

この場合の沈黙は──肯定、とも受け取れた。

「図星《ずぼし》か」と、ハルは招を睨み付けながら、怒りをあらわにした笑みを浮かべる。

久路はわけがわからず、ハルに尋ねた。

「どういうことですか？　一つ目の噂にも、二つ目の噂にも、四つ子なんて出てきてないのに。二つ目の噂のときには、もう、あそこは『四つ子の十字路』って呼ばれてたんですか？」

「いや——。その時点ではな。『よつご』ってのは、たぶん、双子、三つ子、四つ子のそれじゃ、なかったんだよ」

「……四つ子じゃない、よつご？」

「ああ」

ハルはうなずいた。

「二つ目の噂を思い出してみろ。あれは、十字路を通るとあの世の道に迷い込む……って話だったよな。あの世、ってのは、つまり——死後の世界だ。そこから、噂を知ってる人間の一部が、言ってみりゃ一種の隠語として、『よつご』って言葉を使って、あの十字路を呼ぶようになったんだよ。……ほら、子どもってさ、そういうの好きだろ？　仲間内だけで通じる、暗号、秘密言葉みたいなの」

「はあ、そうかもしれませんね。……でも、二つ目の噂と『よつご』に、一体なんの関係が？」

「キーワードは、『死後の世界』だ」

と、「あの世」を言い換えた言葉を、ハルはもう一度繰り返す。

「死後……。し、ご……。四《よん》、五《ご》……。よっつ、ご——で」

「あ……」

「な？　ちゃんと『よつご』に繋がるだろ？　わかるやつにだけわかる、ちょっとした言葉遊びってとこだ」

久路はうなずいた。単純、といえばひどく単純な話だ。それこそ、小学生でも思い付けるような。でも、「四つ子」という字面《じづら》に囚《とら》われていた久路は、そんな発想、ハルに言われるまで頭に浮かばなかった。

「……で。もとは一部の人間が使ってただけのその呼び名は、やがて、由来を知らない者の間にまで広まっていく。そうなると、知らないやつらは、『四つ子、って一体なんのことだ？』『あの十字路に、何か四つ子が関係あるのか？』と、疑問に思うことになる。……三つ目の噂は、その疑問のアンサーとして、二つ目の噂からけっこうな飛躍があるにもかかわらず、自然に受け入れられ、広まったんだ」

ひときわ力強い口調で、そこまで言って。

ハルは、その眼差《まなざ》しを、まっすぐ招へと向けた。

「——これでどうだ、招」

招は、薄く笑みを浮かべた口元を、かすかに動かして、一言。

「なるほどね」

と呟いた。

招がその言葉を口にするのは、ハルの話のすべてに納得できたときだけだ。

よって、それは、招が語り替えの要求を受け入れた、ということに他ならなかった。

招は席を立ち、窓辺にある黒電話へと歩み寄った。

その受話器を持ち上げて、ダイヤルを回す。

少ししてから、電話は向こうに繋がったようだった。

招は、受話器に向かって口を開いた。

×

もしもし？　カタリベだけど……。

ああ、うん。待った？　ごめんごめん。

いや、実はさ。あの噂——四つ子の十字路のことで、とっておきの話があるんだよ。

君に、教えておきたくてさ。

あの十字路で、こっちを向いている四つ子に出会ったら、その人は道に迷わされてしまう。この噂は、君も知ってるよね？　この世ではない町に迷い込んで、その町で行き倒れになるまでさまよった挙句、道の下に埋められて、その人も四つ子の一人になってしまう……って話。

でもね。この話には、君の知らない続きがあるんだ。

よく聞いておいてね。

――それは、こんな話。

あの十字路で、こっちを向いている四つ子に出会って、この世ではない町に迷い込んでしまったとき。その町から抜け出して、もとの世界に帰ってくる方法が、一つだけある。

というのはね。迷い込んだ町の、その道路には、いたるところに「迷」という一文字が書いてあるんだ。子どもがチョークで思い切り書き殴ったような、大きな文字だから。歩いていれば、そのうちいやでも目に留まると思うよ。

で。その文字が、何かっていうとね。

それは、四つ子が書いた、人を迷わせるための、呪《のろ》いの印なんだ。

そんなものを見つけたら、ひどく気味が悪くなって、その場所に近づくのをためらってしまうかもしれないね。けど、その印が目の前に現れたからといって、怖がることはない。逆に、その印を利用して、四つ子の呪いを打ち消してしまえばいいんだ。

というのも、その呪いの印は、ひどく脆くてね。靴の裏で少しこすったら、それだけで消えてしまうようなものなんだ。……ああ、だからといって、「迷」の文字を、ただ消してしまうだけじゃ、もとの世界に帰ることはできないよ。

帰るためにはね。「迷」の文字の中の「米」の部分の要《い》らないところを消して、「辻」という文字を作ればいい。そうして作った「辻」の文字を踏み越えれば、その人は、もとの世界にある十字路に、帰ってくることができる。

もし、噂の四つ子に出会って、この世ならぬ町に迷い込んでしまったら——。

この方法、試してごらん。

×

語り替えを終えて、招が受話器を置くと、黒電話はチン、と音を立てた。

同時に、ハルが安堵《あんど》の息をつく。

今日ここに来てから初めて、ハルの顔に柔らかな笑みが浮かんだ。

「これでいいかい、晴生」

「ふん……。最初っからそうしてりゃいいんだよ。噂が本物だとか偽物だとか、そんなことにこだわってねーで」

「そういうわけにもいかなくてね。……あ、そうそう。そういえば、君に一つ、言ってなかったことがあるんだけど――」

「さっきのと合わせて、二つだな」

露骨《ろこつ》に根に持った言い方を、しかし、招は気に留める様子もなく、続きを述べた。

「実を言うとさ。噂を語り替えてほしいと、俺に電話を掛けてきた人物――それが、君の考えたとおり、三つ目の噂を広めた、小学校の先生、その人だったんだよね」

「え」

「それでさ。その本人が、電話でぜんぶ白状してくれたから。三つ目の噂については、それが作り話だってこと、俺は、最初から知ってたんだけど」

「……は？」

さらりと述べられたその告白に、ハルは目を点にした。

そして、そのあと、わなわなと震えながら、怒りの形相《ぎょうそう》をその顔に湧《わ》き上がらせた。

「てっ……てめえは、そのことを知った上で……わざわざ、電話で俺を呼び出して、こんな茶番をっ……」

「いやあ。ちょっと、小腹がすいてたもんでね。冷たい煎茶と最中を、ごちそうさま」

「ふっ……ざけんな、このっ……！」

ハルは、まだ何か罵倒《ばとう》を吐き出そうとした。が。

そのとき。ハルの左手の小指に結ばれた黒い糸が、しゅる、しゅる、と引っぱられ始めた。

ハルが手繰り寄せていた弛みは、あっという間に伸び切って、黒い糸は、ハルの指をピンと引く。細い糸が肉に食い込み、痛むのだろう。ハルは、顔をしかめて立ち上がった。糸の引く力は、こちらからは引っぱり返せないほどに強いようだ。ハルはどうすることもできず、引かれるままに、糸の伸びているほうへ——部屋のドアへと、近づいていく。

そうしながら、ハルはなおもがなり立てた。

「くっそお、覚えてろよ！　てめえ今度会ったら、その可愛《かわい》げのねえ目隠しひっぺがして、代わりにハムスターも真《ま》っ青《さお》な、めちゃくちゃつぶらな瞳を描いた桃色《ももいろ》の目隠しをくれてやるっ！」

「さ。行きますよ、ハルさん……」

マイルドなようなえげつないような捨て台詞を吐いているハルを、なだめるように促して。久路は、ハルの服の袖《そで》を軽く引きつつ、会議室のドアを開けた。

「招さん。今日も面白いお話、ありがとうございました。また、聴かせてくださいね」

振り向いて、部屋の中の招にそう告げる。

いつもいつも。ハルの鑑定によって、不思議な噂、奇妙な噂が「偽物」だと暴《あば》かれてしまうことには、正直、一抹の寂しさを覚えてしまう。けれど、それでも。招の語り替えた物語を、こうしていち早く聴けるのだから。と、久路は思う。

久路が、毎回この鑑定の場に付いてくる目的の一つは、それだった。

そして、もう一つの、目的。

ハルと一緒に廊下に出てから。久路は、そっとポケットの中に手を入れる。

体温の染み込んだ、生ぬるい金属の感触が、指先に触れた。それは、ハルと共に招のもとを訪れるとき、必ず持ってくるようにしている、古い糸切り用の和鋏《わばさみ》だった。

ハルの指に結ばれた黒い糸は、床から浮いて、廊下の奥へと伸びている。廊下の曲がり角の向こうまで伸びていて、その先がどうなっているのかは、まだ見えない。

ポケットの中で、鋏をケースから抜きつつ、久路はハルの顔を見上げる。

「――現代民話『四つ子の十字路』とその変遷《へんせん》に関わる噂……。一つ目の噂は〈時空移動譚―空間移動型〉……二つ目の噂は〈異界訪問譚―往還型《おうかんがた》〉の話に典型的な禁忌《きんき》譚《たん》の要素が加わったもの……三つ目の噂は〈異界訪問譚―異類介入型〉……」

ハルは、糸の先を一心に見つめて、しかし、同時にそれから気をそらそうとするかのように、ぶつぶつと口の中で呟いた。

ハルの日常の業務の一つである、民話の分類作業。それを、あえてわざわざこんな状況下で行うのは、糸の向こうにあるかもしれないモノに「当てられる」のを、免《まぬが》れるためなのだそうだ。奇譚、怪異譚を、そのテーマ、内容によって分類する——すなわち、人間の作ったカテゴリーの中に落とし込むことによって、足元にこちら側の土俵を形作れる、というか、「あちら側」がこっちを引きずり込もうとする力に、いくらかは抗《あらが》う効果がある……らしい。「まあ、気休めのまじないみたいなもんだけどな。ついつい癖《くせ》でさ」と、ハルは以前言っていた。また、「どうせなら、漫画やアニメの必殺技みたいに『呪的《じゅてき》逃走譚！』とか『貴種流離《りゅうり》譚《たん》！』とか叫んで化け物退治できたら、楽しそうだよなあ」とも口にしていた。実にこの人らしい夢想だと、久路は思ったものだ。

ふと、ハルが、立ち止まった。

どうやら、向こうから糸を引く力が、消えたようだ。

ハルは、廊下の奥を見つめたまま、また独《ひと》り言《ごと》を呟きつつ、こちらから糸を手繰る。

「招の語り替えた物語は、三つ目の噂に〈厄難《やくなん》克服譚—呪術型〉の要素を加えたもの……」

する、する、と。糸は床から浮いたまま、抵抗なくこちらに手繰り寄せられる。

久路の頭の中に、声が響く。

語り替えの条件。カタリベが鑑定者に結ぶ、黒い糸の契約。今日は、ハルが自ら口にした文句。いつもは、招が鑑定の前に告げる、その台詞。

——噂の真偽を見誤ったとき、おそらく、君は、君でいられなくなるだろう——。

その言葉が、果たして何を意味するのか。はっきりとしたことはわからない。

けれど、それがなんであれ。もしものときには、自分がこの糸を断つ。ハルの代わりに、この黒い糸は、自分が引き受ける。久路は、そう心に決めていた。

ハルは、自分に放課後の居場所を与えてくれた、恩人だから。ということもあるけれど。

——君は、君でいられなくなる——。

招が告げるその言葉に、久路はまた、ある種の期待を抱いてもいた。

もっとも、今回に限っては、噂を作った人物がそれを白状している。期待も不安も抱く余地はないだろう。ただ、それでもやはり。糸の端を、この目で見るまでは——。

久路は、ポケットの中で鋏を構える。

ハルは、糸を手繰り続ける。

すると、間もなくして。不意にふわりと、糸が床に落ちた。

さらに手繰ると、やがて、廊下の曲がり角の向こうから、糸の先が現れた。

その糸の先は。

何にも、何者にも、繋がってはいなかった。


そのあとすぐ、再び会議室に引き返したときには、すでにそこに招の姿はなかった。

窓辺にあった電話台も、黒電話もなくなっていて、ただ、テーブルの上に、空になった三つのグラスと、たくさんの最中の空き袋が、残っていただけだった。

そして、会議室を片付けてから、二人が事務室に戻ってくると、黒電話ではないほうの普通の電話に、留守電が入っていた。

それは、招からのメッセージだった。

『——この季節に、あんまり喉越しの悪い菓子を持ってこないように』

そんな、一言だけのメッセージ。というか、茶菓子へのダメ出し。

それを聞いたハルは。

「全種類ひと通り食ってたやつの言うセリフか！」

と、電話機に向かって怒鳴り付けた。

＋　＋

とうに切れた黒電話の前で、先生は、しきりに首をかしげていた。

「今の……本当に、最初に電話に出たカタリべと、同一人物か？　口調が全然……」

戸惑った顔で、そう呟いて。先生は、黒電話の受話器を置いた。

そして、ふうと息をついて、こっちを振り向いた。

「どうやら、帰る方法がわかったぞ。さあ、急ごう。喉も渇いたし、腹も減ったし。家の人も心配してるからな」

言いながら、先生はこっちに歩いてきて、微笑んで手を差し出す。

少年は、その手を取ろうとはしなかった。

もう、大人と手をつないで歩くような歳じゃないし。そりゃあ、この誰もいない、気味悪い町を歩くのは、怖いけど。でも、手なんかつなぐもんか。特にこの先生とは。

胸の内でそんなことを思い。少年は、先生の横をすり抜けて、黒電話に駆け寄った。

「おっ？　なんだ、どうした？」

驚いた声を上げて、先生は近づいてくる。

それを睨み付けて、少年は言った。

「ぼくも……カタリベに、帰る方法、聞く」

「え？　なんでだよ。今、俺が聞いたところなんだから……。何も、同じ話を、二人して聞かなくたって」

「だって――先生は、ウソつきだ！」

そう叫ぶと、先生の顔から、はっと笑みが消えた。

少年は、また先生から目をそらして、電話の前でうつむく。

この先生のことは、好きじゃない。前から、気に食わなかった。だって、ウソつきだから。

どう考えても作り話にしか思えない、子どもだましの怪談で、生徒たちの気を引いて。そうやって人気取りしてるところが、子どもをなめてるみたいで、腹立つのだ。

先生は、よく授業を脱線して、生徒たちに怖い話をする。勉強を教えるのが先生の仕事なのに。給料泥棒《どろぼう》もいいとこだ。それで、その怖い話も、絶対ウソ話なのに。語り口が上手《うま》いから、みんな、いつも先生の話に引き込まれてしまう。

授業が終わったあと、先生に、何度か詰め寄ったことがある。

さっき先生が話したの、本当の話なんですか？

さっきのが本当の話だって証拠は、あるんですか？

さっきの話は、こういう理由で、ありえない話だと思うんですけど。

――でも。そうやって問い詰めても、先生はいつも、のらりくらりと上手いこと言いかわして、ウソつきだってこと、どうしても認めようとはしなかった。

だけど。自分は知ってしまったのだ。

先生は、さっき、電話で言った。自分が聞いている前で。四つ子の十字路の話は、先生が考えた作り話だと――はっきり、そう言って認めたのだ。だから。

「先生の言うことなんて、信用できない。ぼくは、ちゃんと自分の耳で、もとの町に帰る方法を、カタリベに聞きます」

「うっ……。いやあー、まあ、ちょっと」

先生は、大げさに怯んだ声を漏らした。

「ううう……そんな、邪険にしなくたって……。おまえが塾《じゅく》の時間になっても帰ってこないって連絡受けて、こうして真っ先に捜しにきてやったというのに……。もうっ、この恩知らず！　……それにしても、こ、こ、こんなところにいるのを見事に捜し当てるとか、俺の勘、すごくない⁉」

そんなことを。恩着せがましくならないように、わざと冗談めかして話す。そういう「計算」された態度も、気に入らない。すごくイライラする。

「まあさ。先生が嘘つきでも、別に、帰る方法を嘘つく必要はないだろ？　第一、一緒に帰るんだからさ。そこは信用してくれよー」

「……ぼくは」

固くうつむいたまま、少年は、小さな声で言った。

「ぼくは。先生が、やっぱりウソつきだったって、知っちゃったんだ。……ぼくといっしょに帰ったら、クラスのみんなに、そのこと、言いふらすかもしれないんですよ。先生の話はウソなんだって。作り話なんだって。先生はウソつきだって。……それでも、いいんですか？」

尋ねて、少年は、ゆっくりと顔を上げた。

先生は、

「いいよ別に」

と、あっさり答えた。

怒ってるふうでもなく。投げやりなふうでもなく。冗談ぽくもなく。

先生の顔は、真顔だった。

その顔を、先生は次の瞬間、あきれたように崩して、溜め息をついた。

「あのなあ……。生徒のおまえの身より、自分の作り話のほうが大事だなんてこと、あるわけないだろ。なんの心配してんだよ、おまえ……」

そして、先生は目の前に来て、もう一度、こっちに手を差し出した。

その笑顔を見て、思わず眉間《みけん》にしわが寄る。

顔が熱《あつ》くなって、それとは反対に、頭が冷えていくのを感じた。

この先生のこと。好きじゃないのに。気に食わないのに。

それでも、今の先生の言葉は、本当に本心なんだと思えてしまう。

頭を冷やして考えてみれば、この人が、自分の信用のために生徒を見捨てるなんてことは、ありえない。そう、信じることができてしまう。

それが、くやしかった。

この人と向き合っていると、なんだかいつも、負けた気分になる。

この人には、かなわない。まだ子どもの自分では、人間として、この人に勝てない。

そう思わされる大人。だからこそ、気に食わないのだ。

少年は、いかにも渋々といった様子に見えるようにして、差し出された先生の手を握った。

それをぎゅっと握り返して、先生は「よし！」と笑った。

「先生……。もう、怖い作り話は、やめなよね」

手を引かれて歩きながら、少年は、軽く先生のことを睨んだ。

先生は、ばつが悪そうに、ああ、とうなずいた。

「そうだな。いや、まさか、こんなことが……。自分の作り話が、ほんとになるなんて……。なんだかよくわからないが、怖い思いさせたな。……悪かったな。……はあ。本当に、無事でよかった」

「……うん」

見上げた先生の顔は、かすかに笑ってはいたけれど、とても苦しげだった。

でも、先生はそのあと、

「これからは、もう少し、怖さ控えめの作り話にしないとな」

「えっ……」

少年は、絶句し、あきれて顔を歪めた。

「先生……。こりないなあ」

「はっはっは。先生は、生粋《きっすい》のストーリーテラーなのだよ。……あ。けど、そうだ」

そのとき。道の先に、何か白い、大きな文字があるのが見えた。道路にのたくる、歪んだ線。それは、子どもがチョークで書いた、落書きみたいだった。

少年の手を引いて、その文字に向かいながら。

他のどの話よりも先に、と、先生は言った。

「さっき、カタリベさんに聞いた話——。あれを、みんなにも話して、教えてあげないと。な」

# 第二話　転ばせ月峠

中学校の陸上部の部室に、果たしてどうして、こんな古めかしい黒電話なんか置いてあるのか。それは誰にもわからなかった。けれど、この黒電話にまつわる噂なら、ここにいる誰もが知っていた。

じゃんけんで決まった代表者は、黒電話の周りを取り囲んでいる部員たちの顔を、ゆっくりと見渡した。ある者はその視線をかち合わせ。またある者は、代表者の手元にある黒電話に、じっと目を落とし。皆、息を詰めて、待っていた。

「じゃ……掛けるぞ」

宣言して、代表者は、ダイヤルもボタンもないその黒電話の受話器を持ち上げる。

そうして、受話口に、誰かがどこからか持ってきたメガホンを当てた。

何回か呼び出し音が鳴ったあと、メガホンの奥から、カッチャン、という音が響き、電話が向こうへ繋がった。

『はい。カタリベです』

静まり返った部室に拡散される、抑揚のない男の声。

それを聞いた部員たちは、おおっとどよめいた。

「出たっ。マジでカタリベ出たよ！　俺、初めて声聞いた！」

「へえー。このカタリベっておっさんが、『語り替え』っての、やってくれるわけ？」

「おっ、おい。おっさんとか言うなよ、失礼だろ！　若い人かもしんないじゃん！」

「あ、そう？　んじゃ、お兄《にい》さんって呼んだほうがいいのかな？」

「う、うーん。『おっさん』よりは無難だろうけど……。ここはより無難に、カタリべさん、とかではどうだろうか」

「いや。噂のカタリべに、そんな無難すぎる呼び方など無粋極まりない」

「ああ、それもそうだな。……カタリべ殿、とかにしよーぜここは」

「ちょ、待て！　そんなん、電話で喋《しゃべ》る俺が恥ずかしいんだけど！」

「おー、いいじゃん、カタリべ殿。それっぽいそれっぽい」

「うん。おまえが恥ずかしいだけなら、なんら問題ないな」

「いやっ、異議あり異議あり！　『さん』か『お兄さん』で！　ここはその二択で！」

部員たちの、そんな会話が飛び交う中。

電話の向こうからは、「どうでもいい……」と、当のカタリべの呟きが漏れる。

そして、しばらく皆で話し合った結果。電話の向こうへの呼び掛けは、

「……カタリべさま」

に、決定した。

「あー、えー……。か、カタリべさま、カタリべさま……。どうか、俺たちの中学校——檜町北山中《ひのきちょうきたやまちゅう》の裏にある、『転《ころ》ばせ月峠《づきとうげ》』の噂を、語り替えてください！　お、お願《ねが》いしますっ！」

代表者は、無意識に目を閉じて、神社での願掛《がんか》けか、あるいはこっくりさんでもやっているかのような文句を口にし、受話器を持ちながら頭を下げた。周りにいる部員たちもまた、各々《おのおの》、パンッと手の平を打ち鳴らして、黒電話に向かって拝《おが》むようなポーズを取る。

いくらかの間を置いたあと、代表者は、さらに続けた。

「えーとですね……。あの、俺たち、陸上部員なんですけども。あの、裏の峠で転んで、怪我《けが》したって生徒の話、よく聞くんですよ。まあ、あれ、夜通らなきゃ大丈夫らしいんで、今の季節ならそう心配することもないかなーって感じなんですけどね。けど、まあ、これから秋になって、冬が来るじゃないですか。日が短くなると、どーしても、日が暮れてからあの峠越えて帰らなきゃ、ってなるやつもいるわけで……。だから、あの。転ばせ月峠の噂って、俺ら陸上部員にとっては、けっこーシャレになんないんですよ。実際もう、えー、陸上部じゃないんですけど。なんか運動部のやつが、去年あの峠で転んで、大怪我したらしいって話も聞くし」

代表者は、そこで、ふうーっと息継ぎする。

「そんで……だから。……っと。カタリベさま。まだ日が長い、今の季節のうちに、転ばせ月峠のあの噂を、どうかどうか、語り替えてください！」

代表者の、その頼みに。陸上部員たち皆の、その願いに。

カタリベは、感情のない平坦な声で、こう返した。

『その噂の語り替えを引き受けるには、一つ、条件がある。というのも、俺は、真実から生まれた「本物」の噂を語り替える気は、ないんでね。転ばせ月峠のその噂は、「本物」かな。「偽物」かな。もし、その噂が「偽物」だという道理を、語って示すことができたなら——……そのときは、望みどおり、噂を語り替えてあげるよ』

＋　＋

郷祭事務所事務室の冷房は、古い。いや、古いというより、ボロいという言い方のほうが似合うだろうか。とにかく効きが悪いので、真夏の昼間、事務室内の空気は生ぬるいのが常であった。

高校生の西来野久路が事務所に寄るのは、平日は、もちろん学校の授業が終わってからになるわけだが。それでも、夏の放課後なんてものは、夕方ではない。ほぼ昼間だ。その時間帯の事務室は、ぬるまりはするが、冷える、というところまではなかなかいかないのである。

その日もまた、久路がいつものように郷祭事務所を訪れると、事務室では数日前に引っぱり出された扇風機が回っていた。古い型の扇風機は、電気屋に並んでいるやつとは違ったぎこちない動きで、カコ、カコ、とたまにうなずきつつ首を振っている。その風で書類が飛ばされないよう、さまざまな文鎮《ぶんちん》が、そこここにどしりと座《ざ》している。赤錆《あかさび》の浮いたもの。緑青《ろくしょう》の浮いたもの。百円ショップで見たことがあるのと同じ、ガラスの文鎮。そして、事務所中の文鎮を掻き集めても足りなかったのか、しまいには、手頃な石ころまでもが書類を押さえている始末。

そんな事務所で仕事をしている職員は、今日も、ハル一人だった。

ハルは、扇風機の風が来ないタイミングを計りつつ、何やらタッパーに入った白い粉を手に取って、自分の腕や首筋にパタパタとはたいていた。

それを見た久路は、首をかしげて尋ねる。

「ハルさん……それ、なんですか？　チョークの粉ですか？」

「ああ？　なんで俺が、自分の体にチョークの粉をはたかなきゃならんのだ。これは、れっきとした片栗粉《かたくりこ》だよ！」

そんな、元気潑剌《はつらつ》とした笑顔で、竜田揚《たつたあ》げの衣《ころも》の材料を叫ばれても。

「なんで、自分の体に片栗粉をはたかなきゃならないんですか。ハルさん、これから油でカラッと揚がるんですか？」

「いや、ほら、なんかさ。汗でベタつくのを防ぐパウダーとか売ってんじゃん。制汗剤パウダーってやつ？　片栗粉はたくと、あれとおんなじような効果があるんだよ。それでな、家から持ってきた片栗粉を、汗かくとこにこうしてパタパタっと――」

「わあ、ワイルド。……ちゃんとした制汗剤パウダーを買いましょうよ」

「いいじゃねえか、別に。片栗粉ならいつでも家にあるし！」

「まあ、ハルさんがいいなら、いいんですけど。……『注文《ちゆうもん》の多《おお》い料理店《りようりてん》』の一場面を見ている気分です」

久路がにっこり笑ってそう言うと、ハルは、引きつった笑みを浮かべて固まった。

この片栗粉まみれになっている職員――ハルさんこと温木晴生は、久路と同年代の少年でありながら、ここ郷祭事務所の所長代理を務める人物だったりする。歳相応な見た目と、風格や貫禄といったものに著しく欠ける普段の言動は、そんな肩書きなど微塵も——良くも悪くも、感じさせないけれど。

久路は、学校の鞄を長ソファーの端に置いて、とりあえず、ハルの注《つ》いでくれた冷たい麦茶を飲んだ。それから、着替えの入った手提《てさ》げだけを持って、トイレに向かった。夏場は着替えが軽くて助かる。久路の私服は、相変わらず、着古して色褪せたシャツとジーンズだった。みすぼらしいと言っていい服装だが、今いるこの空間になら、こんな格好でも問題なく溶け込めると感じる……などと言ったら、さすがに郷祭事務所に失礼か。ハルだって、かしこまったスーツとかを着ているわけではないにしろ、ラフな格好なりに、ちゃんとしたものを身に付けているのだから。

着替えて事務室に戻ってきた久路は、いつものように、部屋の掃除に取り掛かった。

そのとき、電話が鳴った。部屋の隅にある、黒電話が。

ハルが舌打ちを響かせて立ち上がり、黒電話に歩み寄る。

誰がいつここに置いたのかわからない、ダイヤルもボタンも付いていない、異角の町中に置かれているのと同じ、黒電話。それを、向こうから掛けることのできる人物は、ただ一人。「カタリベ」だけだ。

この事務所には、というよりハルには。こうしてたびたび、カタリベからの電話が掛かってくる。それは、カタリべとのある種の勝負——「噂の真偽の鑑定」への、誘いの電話なのだった。

適当な場所を掃除しながら、久路は、電話の会話に聞き耳を立てる。いつもなら、ハルが何か言う前に、カタリべが「おいで」とだけ告げて、勝手に電話を切ってしまうことが多いのだけれど。今回は、めずらしくハルが喋っていた。

「急ぎのことじゃねえんだな？　……ふうん、そうか。……いや、別に、秋まで待てとは言わねえが。ちょっと、これから用事があんだよ。……ああ。それが済んだら。日が暮れるまでには、そっち行くからよ。……おう、待ってろ。……じゃあな」

それだけ話して、ハルが受話器を置くと、黒電話はチン、と音を立てた。

なんというか。ハルの口利きの馴《な》れ馴《な》れしいこと。町中にある黒電話を掛ける人、受ける人は数多くとも、噂のカタリべに、こんな口の利き方をする人というのは、たぶんあまりいないことだろう。

「なんだか、友達と、待ち合わせの約束でもするみたいですね」

思わず口元をほころばせて、久路がそう言ったところ、

「……俺は、友達相手にそんな愛想悪くねー」

と、非常に不満げな顔で言い返された。

「ふふ。それはそうと、ハルさん。今日のお菓子は、何か用意があるんですか?」

「おう。このまえ試したあれを、冷凍庫にバッチリ仕込んであるぜ。……どうせなら、菓子なんてもっと気楽に食いたいもんだがな。あいつと一緒になんかじゃなくてさー」

「まあ、そう言わずに。――それに、ハルさんは、向こうで気楽にしてたらいいんですよ? いざというときには、私が身代わりになるんですから」

にっこり笑ってそう告げた久路に、ハルは、思い切り顔をしかめてみせた。

「……まあ、それじゃ。あいつの居所を、教えてもらおうか」

溜め息混じりに久路の言葉を受け流し、ハルは促す。

その途端。久路の頭の中に、見ても聞いてもいないはずのその人の居所が、浮かんできた。まるで、あらかじめ知っていたその場所を、今ふと思い出したかのように。

「……辻間戸《つじまど》の、斜岩不動明王堂《ななめいわふどうみようおうどう》」

「へえ、あそこなのか。そりゃ、ちょうどいいや」

久路が口にしたその場所を聞くと、ハルは、そう言って笑みを浮かべた。

「ちょうどいい、って?」

「ああ。今から、その近くに用事があるんだよ」

ハルは、ニッと笑って、

「んじゃ、行こーぜ。すぐ車出すから！」

と、言うが早いか、部屋の外に駆け出ていった。

「車……？　ハルさん、免許なんて……」

事務室に残された久路は、首をかしげて呟いた。

寸刻後。ハルに呼ばれて事務所の外に出てみると、そこには確かに「車」があった。

スピーカーやら、何かいろいろな音響《おんきょう》機材を荷台に積み込んだ――リヤカーが。

「さあ、乗れ、久路！」

「え……いえ……」

久路は、半歩後ろに引いて、小さく首を横に振った。さすがに、ハルにリヤカーを引かせて、自分だけ荷台でくつろいでいるとか、そんなわけにはいかない。あと、これに乗って行くのは、道中の人目が、たぶんすごく気になる。

「いいのかよ、乗らなくて。向こうまで、歩くと三十分は掛かる距離だぞ？」

「大丈夫ですよ。自称『散歩中毒』のこの私が、徒歩三十分程度に怯むとでも？」

「……けど。学校からここまで、歩いてきたばっかだろ。ろくに休んでもねーのに、ほんとに大丈夫か？」

ハルは心配そうに久路を見つめる。

久路は、日常生活に支障があるほどではないにしろ、人より体が弱い。ハルもそのことを知っているのだ。

ハルは、いつも久路の体を気遣《きづか》ってくれる。学校から事務所へ来るまでの道のりは、こっちでバス代を出そうか、とも言ってくれる。でも、そこまで甘えてしまっては、かえって事務所に来づらくなってしまうし。

そもそも、まっすぐ家に帰りたくない、なんていうのは、こちらの勝手な事情なわけで。ただでさえ、本来ハルには関係ないそんな理由で、毎日事務所に入り浸らせてもらっているのだから。これ以上、迷惑はかけたくない。長時間の散歩はハルに止められているけれど、歩くのが嫌いでないのは本当なのだし。

久路は、微笑んでハルに繰り返す。

「平気です。今日は調子がいいですし。これから三、四十分くらいなら」

「そうか？　……まあ、気分悪くなったら、すぐ言えよな。おまえ一人ぐらい荷台に乗っけたからって、俺はどーってことねーんだから」

そう言って、ハルは久路に笑みを返した。

それから、ハルはクーラーボックスを一つ、事務所から持って出て、それを荷台に乗せて出発した。

ハルは、暑さに汗をかきながらも余裕の表情でリヤカーを引き、久路は、気持ちだけ荷台の後ろを押しながら、一緒に歩く。

「ハルさん。この……スピーカーとかは、なんなんですか？」

「ああ。これは、今から行く寺へのお届けもんだ」

「行き先は、お寺でしたか」

「おう。その寺、今週末に縁日を控えててな。その縁日の祭に使うための機材だよ。もともとは隣町の町内のイベントで使ってたやつなんだが、故障しちまったんで、その町内では新しい機材購入《こうにゅう》してさ。要らなくなったこの機材を引き取って、修理して、寺の祭に使い回そうってわけだ」

「へえ。そんなこともするんですね、郷祭事務所って……」

異角立郷土祭事管理組合事務所——という、郷祭事務所の正式名称を思い出しながら、久路は呟く。

「異角で行われる祭に関する仕事なんだから、れっきとしたウチの管轄《かんかつ》だぜ」

「そうですか。……機材の修理って、それも、ハルさんが？」

「いや。修理したのは、ウチの所長。あいつ、けっこう機械強いから」

自分のところの事務所の所長に対して、ハルが馴れ馴れしく「あいつ」呼ばわりなのは、それがハルの身内――母親だからだ。久路も何度か顔を合わせたことがあるが、所長は、笑った顔がハルによく似た、明るく気さくな女性だった。

大通りを渡って、車通りの少ない裏路地を通って、川岸へと抜けて。そうしてその大きな川を渡ると、風景はがらりと変わる。川の北側にある央辻町地区は平地であり、異角の都市部なのであるが、川向こうにある異角辻間戸地区は、山がちの地形になっており、人家もまばらで、田や畑が多い場所なのだ。

音響機材のお届け先のお寺は、川からほど近い山の上。といっても、ハルがリヤカーを引いて山道を登らなければいけないわけではなく、山の麓《ふもと》には、お寺の人が小型トラックを準備して待機していてくれた。

「いや、すまんねハル君。こんなところまで運んできてもらってさ」

「あ、かまいませんよ。この時間帯、川向こうの道は混んでますし。それにちょうど、ついでの用ができましたんで」

そんなことを言い交わしたあと、ハルは、週末の縁日に関することをいくつか確認しながら、お寺の人と一緒に、音響機材をトラックの荷台に積み込んだ。

そうして、山道を登っていくトラックを見送ってから。

ハルと久路は、ようやくもう一つの目的地、斜岩不動明王堂へと向かったのである。

山裾《やますそ》に沿っていくらか歩いていくと、眼前に、立ち並ぶ家と山との間に挟まれた、細い道が見えた。緩《ゆる》く曲がったその道に入って、数メートル進んだところ、不意に涼しげな水の匂《にお》いがして、道の山側に、開けた景色が現れた。

「わあ、こんなところにこんな場所……。穴場ですねー」

久路は、思わずそう声を上げた。

お堂と、いくつかの小さな祠と、大きな楠《くすのき》がある、小ぢんまりとした境内。その場所は、三、四軒ほど隙間なく建つ民家の家並みと、山とに邪魔されて、この細く見通しの悪い路地に入ってこない限り、四方からその空間の存在を隠されている。

「私、以前、この辺りに散歩に来たことはありますけど……こんな場所があるなんて、ぜんぜん気づきませんでした。ここが、斜岩不動明王堂なんですか？　ハルさん」

「ああ。さっき機材を届けた、あの寺が祀ってるお堂の一つだ。山の上の寺と、ここの境内の奥が、小川の跡みてーな道で、細ーく繋がってんだぜ」

久路は、この境内のことは何も知らなかった。名前も、どこにあるのかも。けれど、あの人のいる場所であれば、不思議とそれが頭に浮かぶのだ。

道路から、石段数段ぶん高くなっているその境内へと、久路は上る。

ハルもリヤカーを前後逆にして、階段の脇の、細い平らな石の坂部分に片側の車輪を載せ、リヤカーを器用に境内へ押し上げた。

そして、二人がお堂の陰に回ってみると。

そこに、待ち合わせの相手がいた。

お堂の壁を背にして座る、フードを目深に被ったその男。——カタリベだ。

「やあ。よく来たね、二人とも」

カタリベは、こちらを振り返りもせず、抑揚のない声で言う。本当にこの人が喋っているのか、訝《いぶか》しくなるくらい、カタリベの体は微動だにしない。

カタリベの近くには、電話ボックスがあった。電話ボックスは、お堂のすぐ横というその場所に、なんだか切って貼り付けたように、唐突なその姿を構えていた。

電話ボックスの中にあるのは、黒電話だ。それは、異角の町中に置かれているものや、郷祭事務所の事務室にあったものと、よく似ている。けれど、ここにある黒電話には、他の黒電話とは違って、ちゃんとダイヤルが付いていた。

「こんにちは、招さん。今日も『語り』を聴かせてください」

微笑みながら、久路は、カタリベ——招の前に回り込み、軽く会釈をする。

もっとも、そんな仕草など、招には見えていないのかもしれないけれど。招はいつも、洋服のフードで完全に目元を覆っているし、フードをめくってみたところで、その下にあるのは目隠しの布なのだから。三日月を伏せたような形の、瞳のない目が二つ並んで描かれた、目隠し。招はずっとそれを身に付けている。

「あいっかわらず、暑苦しい格好してんなあ、おまえ」

「涼しいよ、ここは」

ハルが鬱陶しげに放った言葉に、招は平然とそう言い返した。

確かに、招の言うとおり。お堂のこちら側は日陰になっているし、山の麓だからか、吹いてくる風が、街中《まちなか》のそれよりもひやりとしている。それに、蝉の鳴く声に混じって聞こえてくる、水音。近くに沢でもあるのだろう。その上を通った風が、この境内に吹き込んでいるのかもしれない。風に乗って、水の匂いが運ばれてくる。

招も、さすがに暑さを避けて、今日はこの場所を選んだのだろうか。いや、でも。招は本当に暑い場所であっても、汗一つかかずに涼しげにしている人だ。その気になれば、クーラーの効いた屋内に自分たちを呼び出してもいいわけだし。招の居所に、特に理由らしい理由はないのかもしれない。

「さあて、そんじゃ、早速始めよーぜ。今日は、どっから『糸』が出てくるんだ？」

ハルは、愛想の欠片《かけら》もなく、そう言って招を促した。

それを受けて、招はゆっくりと立ち上がる。唇以外、人形のように動かずにいたその体に、そこで初めて動作が加わった。

招が向かったのは、お堂の後ろだった。

久路がそっと覗き込んでみると。そこには、お堂に覆い被さるようにして、斜めに傾いた巨大な岩がそそり立っていた。ほんのり赤みを帯びたその岩肌には、何かの絵が彫られている。たぶん、これが不動明王像なのだろう。岩の上には湧き水でもあるのか、水の筋がちょろちょろと、明王の絵を伝って、岩の下の池に流れ落ちていた。

近場だけれど、あまり日常的でない景色。ちょっと観光《かんこう》にでも来た気分だ。生まれ育った異角ではあれど、自分の知らないこういった「穴場」は、この土地にまだまだいっぱいあるのだろうか。そんなことを、久路は思った。

……と。

よくよく見れば、明王像を伝う水の筋の中に、細く黒いものが揺れている。

招は、池に溜まった浅い水を踏んで、大岩に歩み寄り、岩のてっぺんから垂れてきている、その黒い糸を手に取った。

糸の端を持って、招は戻ってくる。糸は、千切れることも、尽きることもなく伸びていく。糸の先は岩の上に隠れていて、ここからではどうなっているのかわからない。

そうして、招は堂の横の腰掛け石に、元通り座った。

「この糸を結んだら、鑑定が終わるまで、君はこの場から動けないよ」

その断りに、ハルは「ああ」とうなずき、招の前に進み出て、左手を突き出す。

招は、薄く笑みを浮かべた唇を、わずかに開いてこう言った。

「俺は今日、『転ばせ月峠』の噂の語り替えを、頼まれた。だけど、いつも言っているように、俺は『本物』の噂を語り替える気はない。そして、噂が『本物』なのか、『偽物』なのかは、この俺にもわからない。だから、もし。君が、噂の真偽を見極めることができるというのなら。今から語る噂話が、『偽物』だという道理を、語って示して、俺を納得させることができたなら。そのときは、望みどおり、噂を語り替えてあげる。——ただし」

感情のない、淡々とした口調で、招は続ける。

「もし、君が噂の真偽を見誤って、『本物』の噂を、俺に語り替えさせてしまったら。そのときは——君は、君でいられなくなるだろう」

招のその台詞は、もう、幾度となく聞いたものだった。

今さらの警告《けいこく》に対して、ハルは、やはりただ一言、「ああ」とだけ応えた。

その返事を聞いて、招は、黒い糸をハルの左手の小指に巻き付け始めた。

ひと巻き、ふた巻き……。丁寧《ていねい》に何度も巻き付けて、最後に糸を結ぶ。

それを終え、糸から手を離した招は、

「久路。座りなよ」

と、久路のほうを見もせずに、そう声を掛けた。

招の座っている腰掛け石には、確かにもう一人分、座れるスペースがある。というか、あと一人しか座れない。久路はちらとハルを見たが、自分が名指しされた以上、拒《こば》むのも気が引けて、素直に招の隣に腰を下ろした。

ハルは、あからさまにいまいましげな顔をして、靴を脱いでリヤカーの荷台に上がると、当てつけのように、一人そこに座り込んだ。

二人が動かなくなってから。

寸刻の沈黙ののち、招は唇を開き、

「ねえ。こんな話を知ってる？」

と、それまでとは声色を一変させて、友人に世間話でもするような親しげな口調で、

『転ばせ月峠』の噂話を語り始めた。

×

これは、異角辻間戸の檜町にある、峠にまつわる話でね。

地図とかに載ってる名前は「檜山《ひのきやま》峠《とうげ》」なんだけど。なんでも、しばらく前から、「転ばせ月峠」って呼ばれてるらしい。中学校の生徒たちがさ、みんな、そう呼んでるんだって。あ。中学校って、檜町北山中学のことね。その校舎の裏に、峠があるんだ。

檜山の峠道は、けっこう長くてさ。越えるのもなかなか大変なんだけど、でも、その峠を通らずに山の向こうへ行こうとすると、すごく遠回りになっちゃうから。それで、徒歩や自転車の人も、息切らしながら、よく通っていく峠道なんだ。

それで、さ。うん。——ここからが、本題なんだけどね。

あの峠には、しばらく前から「ツキミテさん」が出るって、もっぱらの噂なんだよ。

転ばせ月峠のツキミテさん。

それが現れるのは、月の出ている夜なんだ。

月の出ている夜に、あの峠を、自転車に乗って越えようとするとね。後ろから、ツキミテさんに声を掛けられる。

ツキミテさんは、こう言うんだ。

「ほら、見てごらん！　今夜は、月があんなにきれい！」

……ってね。

その声につられて、思わず月を見上げてしまったら。

その途端、その人は、自転車の操作《そうさ》が利かなくなって、転んじゃうんだってさ。

だから、ツキミテさんの噂を知ってる人は、声を掛けられても、絶対月を見上げないように、って、思うんだけどね。……でも、そうすると、峠を下り終えるまで、

「ねえ、見ないの？　あんなに月がきれいなのに……あんなに月がきれいなのに……」

って。後ろからさ、そんなことを言ってる声が、ずっと、ずーっと、聞こえ続けるんだって。

それで、あんまりにも気味悪くて。怖くなって、まあ、ちょっと月を見上げるくらい大丈夫だろう。気をつければ、転んだりしないだろう、なんて思って。みんな結局、見上げちゃうんだよね。で、見上げたら最後。どんなに気をつけてても、絶対に転んでしまう。……あ。声を掛けられてから、自転車を降りたり、止めたりしてもね。その途端に、やっぱり転んじゃうから、それもダメらしいよ。

で。そうして転んだ人の横を、ツキミテさんは、自転車に乗って、シャーッと通り過ぎていくんだってさ。

ツキミテさんが、いったい何者なのか。その正体は、わからない。はっきりとその姿を見た人は、誰もいないんだ。ただ、昔からその山に住んでる、いたずら好きの夕ヌキなんじゃないか、とか。そういうことを言う人はいるけどね。でも、本当のところは、やっぱりよくわからないんだって……。

×

語りの間も、招は、唇以外をまったく動かさない。すぐ隣で見ていても、その体は、呼吸も、鼓動もしていないんじゃないかと思えるほどだ。けれど、久路はすぐに、招の語る噂話に惹き込まれて、そんな違和感はどうでもよくなってしまう。そのくらい、いつもながら、招の語りは絶品だった。たとえ一言一句同じ言葉で語ったとしても、他の者では、こんなにも見事な語りにはなり得ない。

ある種の噂話は、現代の民話。招は、そういった「現代民話」の語《かた》り部《べ》だ。

異角の町中にある黒電話で、噂を集め、それをまた、黒電話を通して町の人々に語る。そんな、姿の見えないカタリベなのだ。こうして、招に直接会って話を聴くことができる人間は、稀なのだと思う。

久路は、現代のものであれ昔のものであれ、民話というものが好きだった。ことに、招の語るそれを聴くのが好きだ。

ただ、招の語る噂話は、怪異を生む。招が黒電話で町に語り広めた噂話は、それがもとは作り話であっても、本当になるのだ。そこが厄介《やっかい》なところだった。

つまり、招の言う「偽物」の噂とは、己《おのれ》の語りによって本当になった作り話、という意味に他ならない。そういう噂であれば、それを語り替えることによって、俺の語りが生んだ怪異を鎮めよう。招は、そう言っているわけである。

それにしても――。と、久路は顔を上げ、リヤカーの荷台に座るハルを見た。

「ハルさん……。この噂は、別に、危険を負ってまで語り替えるほどのものでも、なかったのでは。……今さら言っても、仕方ないですけど」

ハルの指には、もう、黒い糸が結ばれている。糸を結ぶ前に招が告げた「契約」を、今になって反故《ほご》にすることはできない。

しかし、久路の言葉に、ハルは「いいや」と笑みを浮かべた。

「放っといていい噂じゃないと思うぜ。確かに、この噂で語られてる怪異――ツキミテさんとやらは、『いたずら好きの妖怪《ようかい》』って程度の扱いで、さほど危険はないような語られ方をしているが。けど、たとえば、運動部の選手が、大事な試合の前に転ばされて、足を捻挫《ねんざ》したりしたら。当人にとっちゃ、それは充分大《おお》ごとだろう。吹奏楽部や美術部のやつが転ばされて、手を突き指したりしてもな。どうしても怪我したくない、って事情のある人間からしてみれば、こいつは、なかなか洒落《しゃれ》にならん噂だぞ」

「それは……そうかもしれませんけど。でも、転ばされるのは、自転車に乗ってる人だけなんでしょう？　自転車を下りて峠を越えれば、それで済む話じゃないですか」

「まあ、そうだけどさ。噂を知らないやつだって、中にはいるだろうし。そんな危険スポット、さっさとどうにかしとくに越したことたねーよ」

「だからといって——」

その、黒い糸というリスクを、背負うほどのものだろうか。

「郷土愛、なんだっけ。それは」

と、招が横からぽつりと言った。語りのときの面影はすでにない、普段どおりの、淡々とした口調に戻って。

「あー、そうだよ。俺は、この異角の土地への郷土愛に満ち溢れてるから、この土地で困ってる人間を見過ごせねーんだ。噂がどんなものであったって、それを語り替えてほしいと望む人間がいるなら、いつでもこうして、その噂を『鑑定』してやるよ」

ハルは、冗談なのか本気なのか、どちらともつかない態度で、招にそう応じた。

いや。冗談でないのはわかっている。でなければ、噂の内容も聞かないうちから、自分の指にあの糸を結ばせるなんて、そんなことはできっこない。

ハルのその覚悟には、理由があった。久路は、それを知っていた。

ハルは、ある事情のせいで、この異角の土地の外へ出ることが、決してできない身なのである。つまり、異角は、ハルにとって唯一の居場所なのだ。だからこそ、ハルはこの土地に対し、並はずれて強い思い入れを。執着と愛着を、抱いている。

とはいえ、その価値観は、久路には正直、共感しがたいものでもあった。もしも、自分がハルの立場に置かれたら。自分はきっと、ハルのようには考えられないに違いないと、久路は思う。否応《いやおう》なしにそこに居ることを強《し》いられた、何があってもそこから逃げることのできない唯一の場所を、「自分を閉じ込める忌まわしい檻《おり》」ではなく、「己を賭して守り、愛すべき場所」と。そんなふうに考えるなんてことは——。

とにもかくにも、郷祭事務所所長代理、温木晴生というのは、こういう人なのだ。

「ってわけで。さあ、鑑定始めるぞ！　耳の穴かっぽじって、よーく聞いとけよ！」

ビシリと招を指差して、ハルは威勢良く言い放った。目隠しをしている招に、その指先は、たぶん見えていないのだろうけど。

「転ばせ月峠の噂……。転ばせ月……ころばせつき……これを逆にすると——『つきころばせ』。……なるほど、そうか！」

ハルはカッと目を見開き、その眼光で宙を射る。

「あの峠では、以前、中学校の生徒が何者かに突き飛ばされて転ばされる——という事件があったんだ。そのことから、あの峠は『突き転ばし峠』と呼ばれるようになり、やがて、その呼び名が変化して、今のように『転ばせ月峠』と呼ばれるように——。……なーんてまどろっこしい経緯《けいい》は、ま、ねーだろうな」

「……あ。ないんですか。なんだ……」

割と真に受けながら聞いていた久路は、無意味な肩透かしを食らって脱力する。

そこへ、招が、

「転ばせ月、を逆にしたら、君が今最初に言ったように、『突き転ばせ』って命令形っぽくなるじゃないか。そこから話を作るとすると……。中学校の生徒を突き飛ばした、その犯人には、何か化け物が取り憑《と つ》いていた、というのがそれらしいかな。犯人は、事件を起こしたとき、頭の中で化け物の声を聞いたんだ。『目の前にいるやつを、突き飛ばして転ばせろ！』——と」

「うおおいっ。ちょっ、今のは冗談だ！　無駄《むだ》に悪質な妖怪生産すんじゃねーよ！」

慌てた声で叫び、ハルは、腹立たしげに招を睨み付けた。

気を取り直して、というふうに、乗り出した身を戻して、ハルは言う。

「あーっと。まあ、今回の噂に関してはだな。『転ばせ月峠』という名前が先にあって、そこから話が作られた……ってわけじゃ、ないと思う。そうじゃなくて、ツキミテさんの話のもとになった人物が、存在すると思うんだよ」

「へえ。どうして」

疑問符のアクセントがほとんどない、抑揚に乏しい声で、招が尋ねる。

「ツキミテさんの話のもとになった、ということは、ツキミテさんという怪異自体は、最初から実在するものじゃないと、君は考えているわけだよね。なぜ、そう思うの」

「それは……おまえが語った噂話の中での、ツキミテさんの描写というか、特徴に、違和感があったからだ」

違和感……？　久路は、小首をかしげて、さっき招が語った話を思い返した。

が、反芻《はんすう》する前に、ハルが続きを述べる。

「ツキミテさんは、噂では、正体不明の何者か、なんだよな？　その姿をはっきりと見た者は誰もいない、っていう。けど、その割には、まったく姿を見せないわけじゃなく、転ばされた人は、自転車で走り去っていくツキミテさんの姿を、一応は目撃《もくげき》することができる。そういう話に、なってるよな」

「それが、そんなにおかしなことかな。……ツキミテさんが峠に出るのは、日が沈んで暗くなってからだし。自転車に乗って一瞬で走り去っていくから、どんな姿かはっきりとはわからない、ってだけだろう」

「そこだよ」

と、ハルは語気を強める。

「ツキミテさんの姿をはっきり見ることができない理由ってのが、『ツキミテさんは、暗い夜道で、自転車に乗って、シャーッと一瞬で横を通り過ぎていくから』――。そこんとこが、怪異譚にしては、やけに現実的なんだ」

喋りながら、ハルは、荷台の隅にあるクーラーボックスを、自分のほうへ引き寄せた。事務所を出るとき、機材と一緒にリヤカーに積んで持ってきた、水色《みずいろ》のクーラーボックス。

「考えてもみろ。そもそもこの噂、ツキミテさんが、たとえ人前に姿を現さなかったとしても、ストーリー的にはなんら問題があるわけじゃない。――どこからか声はするけれど、いくら探しても、その声の主は見つからない。だから、それが何者なのかわからない。……そういう話であってもいいわけだしな。というか、『声』がストーリーの重要な要素であるこの手の怪異譚としては、そっちのほうが自然だ」

「自然……ね。不自然な箇所があるからといって、その話が『偽物』だとは、限らないよ。むしろ、作り話ならわざわざこんな話にする必要はないだろう、という要素があるからこそ、無駄も違和感もなくすっきり整《ととの》った話よりも、『本物』である可能性が高いんじゃないのかな」

確かに、招の言うとおりかもしれないと、久路は思う。作り話であれば普通は排除されてしまうような、不条理、不合理なエピソードが混ざっているからこそ、かえって話の真実味が増す。そういうこともあるだろう。ハルの言っていることは、この噂を「偽物」だとする根拠にはならない。ハルも、そこのところはわかっているようで、

「まあ、おまえさんの言うことも一理あるんだが」

と、余裕の態度で食い下がる。

この「鑑定」のとき、ハルはいつも、噂が偽物だという前提で話を進める。ハルにとって重要なのは、「噂の真偽を鑑定すること」ではなくて、噂が偽物であると招に納得させることだからだ。その噂が偽物であれ本物であれ、怪異を鎮めるには、招に噂を語り替えてもらうしかない——。

「俺が言いたいのはだな」

クーラーボックスの中身を取り出しながら、ハルは、話を続ける。

「この噂は、怪異ではない実際の出来事に、妖怪話的な尾ひれが付いて広まった話なんじゃないか、ってことだ。──つまり、『転ばせ月峠のツキミテさん』は、完全な作り話というわけじゃないが、かといって、本物の怪異というわけでもない。そう考えれば、噂の中のツキミテさんが、人間と同じように自転車に乗って、わざわざ人前に姿を現す理由としても、辻褄《つじつま》が合う。……久路、パス！」

ハルは、そう一声掛けてから、クーラーボックスに入っていたものを、久路に向かってポンと投げた。それは、手を出して受け止めるまでもなく、危なげないコントロールで久路の膝《ひざ》の上に落ちる。

飛んできたそれは、袋入りの菓子パン──チーズケーキ蒸しパンだった。スーパーとかでも、けっこうよく見かけるやつだ。冷凍庫から出され、クーラーボックスに入れられ運ばれてきた、ひょうひょうと冷気を放っているそのパンを、久路は、隣の招に手渡した。

そして、ハルのほうに向き直り、

「えっと……。それって、あの。さっき、ハルさんが言った、ツキミテさんの話のもとになった人物というのは、噂のツキミテさんと同じ行動をした人間、ってことですか？　その人が、自転車で峠を越えようとする人に、後ろから声を掛けて、転ばせて……転んだその人の横を、自分も自転車で走り去っていった、と？」

「ああ、そのとおり」

力強くうなずくハル。

そこへ、招が即座に口を挟んだ。

「自転車で走り去る、というところだけなら、それもわかるけど……。後ろから声を掛けて転ばせた、っていうのは、どういうこと。『月を見てごらん』と言われて空を見上げたとして、そのくらいで、果たして人が転ぶものかな。肝心のその部分の説明がつかないと、君の話に納得はできないね。……このパン、解凍されてないようなんだけど」

「うん、まあな。転ばされた人が、いくら自転車に乗っていたからといっても、ちょっと空の月を見上げたくらいで、そう簡単に転倒するとは考えにくい。たとえ、月が真上より後ろにあったとしたって、転ぶ危険を冒してまで、体をのけぞらせて月を捜したりは、普通しねえだろうし。……解凍してないんじゃなくて、凍らせてきたんだ、そのパンは。チーズケーキ蒸しパン、冷凍して食ったらアイスケーキみたいな感じになって美味《うま》いって、久路が教えてくれたから。あ。まだ食うなよ。これは、飲み物と一緒にだな——。久路、パス！」

　掛け声と共に投げた飲み物は、再び、あやまたず久路の膝の上に落ちてきた。

　蓋《ふた》の上からストローを刺して飲む、チルドカップタイプのドリンク。白と青を基調としたパッケージには、「バニラヨーグルト」と書かれている。いわゆる、飲むヨーグルトだ。よく冷えてはいるが、この季節に、また濃度《のうど》のあるものを。

「だから。何か、あったんだよ。峠を越えているときに、転んじまう原因となった、何かがな。——ってわけで。まずは、転ばせ月峠……いや、檜山峠、か。あそこがどんな峠道なのか、おまえら、知ってるか？」

　ハルの問いに、久路は、首を横に振った。その峠の近くまでは、たぶん以前、散歩で行ったことがあり、場所はなんとなくわかるのだが、峠を越えたことはない。長い坂道は、ただでさえ人より劣った体力を消耗するので、なるべく避けて通ることにしているのだ。

　一方、招は、

「この蒸しパン、小さくない？」

「え……。ああ。それは、ミニサイズ四個入りのやつだから……。足りなきゃ、まだ、こん中におかわりあるよ」

舌打ち混じりに、ハルはそう返した。

「ハルさんは、檜山峠には、行ったことがあるんですか？」

久路が問い返すと、ハルは、当然だと言うようにうなずいた。

自身を「郷土愛に満ち溢れている」と豪語するだけあって、こと異角に対するこの人の土地勘は、相当なものである。その知識が、毎回一定の場所から動くことのできない――実地検証の不可能なこの「鑑定」において、大きな武器の一つになり得ることは間違いなかった。

ハルは、冷凍蒸しパンと飲むヨーグルトを一つずつ、あらためて久路に投げ渡した。

「檜山峠……。あそこの道に関しちゃ、夜でも街灯で充分な明るさがあるし、路面の状態は決して悪くないはずだ。通学路にしてる学生が多いこともあって、道路はこまめに整備されてるからな」

ハルの話を聴きながら、久路は、自分のぶんのその蒸しパンの袋を開け、くっ付いている薄紙をぺろりと剝がした。

先ほどハルが言ったように、「冷凍チーズケーキ蒸しパン」を次の茶菓子にと進言したのは、久路自身だった。以前読んだ、冷凍マニアの人がいろんな食べ物を凍らせて食したレポート本に、そういう食べ方が載っていたのだ。しかし、実際に食べてみるのは、これが初めてのことだった。ハルは試食に誘ってくれたけれど、なんとなく、この鑑定の場に来るまで、それを味わう機会は取っておきたかったのだ。

冷たく硬い蒸しパンを、久路は一口、齧ってみる。——意外にも、カチンコチンに凍っているわけではない。普通に齧り取れる固さだ。凍らせてないものよりも、生地《きじ》のきめが細かくなったようで、チーズケーキ感が増している。冷たくて、美味しい。……ただ。試食したハルが、あのとき言っていたとおりだ。これだけだと、少しパサパサしているだろうか。

招もまた、やはり同様の不満を抱いたようで、

「もう少し、生地がしっとりしてるといいんだけどな……」

「ああ。だから、これはドリンクと一緒に食うんだよ。そうしたら、口の中でちょうどいいアイスケーキが出来上がるんじゃないかって、久路が言うからさ。実際試してみたら、思いのほか文句の付けようのない食いもんになったぜ！」

そういえば、ハルが試食してる横で、そんな適当なこと言ったような気がするなあ……と思い返しながら、久路は、チルドカップにストローを突き刺した。

ハルの言葉に従って、蒸しパンを口に含みつつ、飲むヨーグルトを流し入れてみる。

するとヨーグルトの水分が加わることで、生地のパサパサ感は解消され、たちまちしっとりとした、舌触りの良い食感になった。アイスケーキとやらを、久路は実は食べたことがなかったが、これは確かに、ケーキとアイスの中間のような感じだ。しかも、ヨーグルトがバニラヨーグルトであるために、バニラの甘い香りが、いっそうケーキを食べているように感じさせる。なるほど、これならば、何も文句はない。

「あの峠道には――」

と、自分も蒸しパンにかぶり付きながら、ハルは檜山峠の話に戻る。

「車道と歩道の間の境界ブロックとか、段差とか、そういったものもない。側溝も、コンクリートの蓋と金網《かなあみ》で隙間なく塞がれてるし。視界の利きにくい夜道でも、転ぶ原因になりそうなもんなんて、思い当たらねえがなあ。……坂の傾斜も、転倒の原因になるほどきついものとは思えねーし。……月を見上げながら、後ろから来た車を避けようとして、ハンドル操作を誤って……てのも、可能性は低いか。後ろから掛けられた声が聞こえたのなら、車の走行音にも、気づきそうなもんだしな。車が来てることをわかってて、わざわざその瞬間に月を見上げるような、そんな危険な真似《まね》をするってのも、不自然だよなあ……」

間に、何口か蒸しパンとヨーグルトを挟みながら、そこまで言って。

それから、ハルはふと気づいたように、招に尋ねた。

「そういや、転ばせ月峠の噂が語られ始めたのは、いつ頃からのことなんだ？」

その問いに、招は少し考えて、

「……半年、くらい前から、聞くようになった噂だね」

「半年？　ってえと、噂が広まり始めたのは、冬頃からってことか」

冬……と、呟いて、ハルは、ぢゅうっと一口、ヨーグルトを吸い上げる。

ハルが何を考えているのかは、さすがに久路にも察しが付いた。

「雪か氷、ですか？」

そう聞いた久路に、うむ、とハルはうなずく。

「去年の末から今年《ことし》にかけての冬は、異角には、薄っすらとでも積もるほどの雪は、一回も降らなかったはずだ。けど、路面の凍結なら……。あるいは、雨だけでも、地面は滑りやすくなるだろうし……。うーん。……あ。そろそろ、おかわりいる人ー」

ハルは、自ら片手を上げて挙手を促した。

が、招は「おかわり」と、あくまで声を用いて、身振りなく意思を表示する。

久路も、急いで最後の一口を食べて、手を上げた。その一口は、周りの気温によって、すでにすっかり解凍され、普通のチーズケーキ蒸しパンと変わらなくなっていた。

ああ、だから通常サイズのものではなくて、ミニサイズの蒸しパンだったのだな、と、久路は納得する。大きな蒸しパンでは、食べ切るまでに時間が掛かって、食べているうちに、冷凍蒸しパンがただの蒸しパンに戻ってしまうのだ。

冷凍蒸しパンについて、そんな考察をしながら。

久路は、そこで、ふと思った。こんなふうに、自分が誰かと一緒におやつを食べているなんて、考えてみれば妙なことだな、と。

普段、誰かと集まって、こういうふうに物を食べながら話をする機会なんて、ないものだから。ときどき、なんだかこの状況に違和感を覚えてしまう。

自分には、友達や、親しいクラスメートなどはいない。クラスでいじめられているとか、無視されているとか、そういうわけではないのだけど。むしろ、教室でいつも一人でいる自分のことを、気に掛けて、気を遣って話し掛けてくれる女子は、いくらかいる。それ自体は、ありがたいことだと、心から思う。でも。彼女たちにとって、自分の存在は、やっぱり異分子だ。彼女たちの集《つど》う空間の中に、自分が入り込むことで、その空間の空気は確実に乱される。それが申し訳なくて、居心地が悪い。

だけど、どうしてなのか。ハルと招と、こうして三人で一緒にいるときは、不思議と、その居心地の悪さを感じないのだ。

……と。そんなことを考える久路に、ハルがまた、新たな冷凍蒸しパン二人分を、順番に放り投げた。

久路は、そのうちの一つを、招に手渡す。

蒸しパンを受け取った招は、間を置かず袋を破きながら、言った。

「凍った道や、雨に濡れて滑りやすくなった道を……しかも、夜の坂道を自転車で走るなんて、ただでさえ、なかなか危険なことだと思うんだけど。そんなときに、空を見上げて月を捜そうとなんて、するものかな」

「む……」

招の異論に、ハルは、眉根を寄せてうつむいた。

「確かに……。『月がきれい』という声に反応して、その月を見てみようと、自転車を止めもせず空を見上げる――そういう行動を取れたとしたら、そいつは、それなりに余裕のある走行をしていた可能性が高いんだよな。……ってことは」

ハルは、再び顔を上げ、

「何か、予想外の。とっさに対応できなくなるような出来事が、そのとき、起こったのかもしれない」

「予想外の……というと」

久路は、ちょっと考えてから、思い付いたことを口にした。

「車に轢《ひ》かれたタヌキの死骸《しがい》でも、踏んづけたんですかね？」

「笑顔でさらっとえぐい発想を……。まあ、あの山なら、タヌキくらい出てもおかしかねーけどさ」

しかし、どうかな。と、ハルは首をかしげた。

「轢かれたタヌキの死骸を踏む……そんな出来事があったにしては、転ばせ月峠の噂は、軽すぎる。死んだ動物の呪いってことなら、ツキミテさんは、いたずら好きとかそんなレベルじゃなく、もっと陰惨で、恐ろしい怪異として語られそうなもんだ」

「それじゃあ……。自転車でタヌキにぶつかって転んで、タヌキは死なずに逃げていった、とか？」

「いや。それなら、『自転車でタヌキにぶつかって転んだやつがいる』っていう、そのまんまの噂が広まると思うんだよな。――噂の尾ひれってのは、話し手が、聞き手の興味を引くために付けるもんだからさ。檜山峠でタヌキにぶつかって転んだ、なんてのは、ありきたりな体験談じゃない。充分めずらしくて、面白い話だと思うぜ。そういう『事実をありのままに話しても聞き手の興味を引ける話』ってのは、たいてい、あまり誇張や脚色はされずに語られるんだ」

「……それじゃあ、ツキミテさんがタヌキだっていう話は、どこから出てきたんでしょうか。何か、似たような民話があるとか、そういうことは……？」

久路の問いに、ハルは首を横に振った。

「檜山峠やその周辺に化《ば》け狸《だぬき》が出るって民話は、大昔のものから比較的最近のものまで、いくつかある。けど、ツキミテさんの話と似た民話や、ツキミテさんの話に変容しそうな民話ってのは、俺が知ってる限りでは、存在しない」

ハルがそう言うのなら、まず間違いはないだろう。ハルが所長代理を務める郷祭事務所は、異角の土地における郷土資料の管理、作成、提供を、主な業務の一つとしている。郷土資料には古い民話も、最近になって生まれた現代民話も含まれるが、ハルは仕事柄、それらの民話をほぼ知り尽くしているのだ。

「噂の中にタヌキって動物が出てくるのは……これはたぶん、あんまり深い意味はなくて、月とタヌキの組み合わせ、ってイメージが、一般的に定着してるからだろう。タヌキがお月見してるイラストとか、よくあるし……それに、童謡『証《しょう》城《じょう》寺《じ》の狸《たぬき》囃子《ばやし》』も有名だ。あの歌の歌詞に『月夜』って言葉が出てくるだろ？」

しょ、しょ、しょーじょーじ、しょーじょーじーのーにーわーは……と、ハルは、その場で自らそれを歌ってみせた。

「まあ、そういう、タヌキとお月さまの相性の良さに加えてだな。噂の舞台となった場所が、山道だったから。それで、誰からともなく、『ツキミテさんタヌキ説』を語り出した。——そんなとこだろう」

タヌキ問題に関して、ハルが出したその結論に、久路は納得してうなずいた。招も、特に異を唱える様子はなかった。

ハルは、顎《あご》に手を当て「んー」と唸《うな》りながら、首を反り返す。

「山道……だからな、考えてみりゃあ。タヌキはともかく、でかい木の枝とか、そういうもんが落ちてたって、おかしかないか。あるいは、空を見上げた拍子に、上から何か落ちてきたとか……。自転車の運転を誤る原因ったらなあ。タイヤが何かを踏んじまうか……でなきゃ、いきなり視界が塞がれるか。前から来た車のヘッドライトで、目がくらんだ……？　いや。空を見上げてたなら、ライトは関係ねーだろうし……。まさか、偶然タイミング悪く、峠の街灯が停電したとか？　いや、しかし……」

首をぐでんぐでん揺らし、ぶつぶつと独りごちつつ、いくらか悩んだあと。

手元のクーラーボックスに目を落として、ハルは、ハッとした顔になった。

ハルは、招のほうを見て、にやりと笑い、不自然なほど爽《さわ》やかな声で言った。

「なあ、招。今度、この蒸しパンと一緒に、粉砂糖持ってきてやるよ。蒸しパンにたっぷり振り掛けると、よりケーキっぽくなって美味いぜー？」

そんなハルが、いったい何を考えているのかは、久路には容易に察しが付いた。

「ハルさん……。その粉砂糖が入っている袋には、もしかして、『片栗粉』とか『小麦粉』とか、書いてありませんか？」

「えっ⁉ あ、いや、ははは、大丈夫！ 商品名はどうあれ、ケーキ蒸しパンに振り掛けた時点で、白い粉なら、見た目はほぼ粉砂糖《こなざとう》だから！」

それの何がどう大丈夫だというのか。久路は、無言のうちに微笑を浮かべ、目を細めてハルを睨んだ。

その視線から、逃げるように目をそらし、ハルは肩を落として溜め息をつく。

「残念だなあ……。粉砂糖を気管に吸い込んで盛大にむせ返ったら、『煙幕！』って一発芸が見れるかもしれなかったのに……」

「その状況は、芸ではなくて、事故ですよ」

「……君が自分でやるぶんには、止めないけど」

相変わらず無感情な声でそう返し、招は、ヨーグルトの残りをジュゴゴゴ、と飲み干した。

ハルは二人の言葉を聞き流して、

「まあ聞け、招。――わかったんだよ。転ばせ月峠で、自転車に乗ってたやつを転ばせた原因が、なんなのか」

と、その顔に、不敵な笑みを滲ませた。

「月を捜そうと空を見上げた拍子に、思いがけず煙幕のようなものが目の前に広がって、それで視界を塞がれたとしたら――。自転車で坂道を走ってるときなら、驚いてバランスを崩したり、ハンドル操作を誤ったりしても、おかしくねーよな」

「へえ。その人は、粉砂糖だか片栗粉だかを、口いっぱいに頰《ほお》ばって自転車を運転していたのかな。よかったら、その煙幕とやらを、君が実演してみてくれる？」

「いやいや。粉砂糖も片栗粉も小麦粉も使わなくたって、人間はその身一つで、ちょっとは煙幕的なものを出せるんだぜ。……季節によっては、だけどな」

そう言って、ハルは、クーラーボックスを軽く叩いた。

「噂が生まれた季節は、冬だろう？」

「え。それって……」

久路は、ハルの言わんとすることを理解して、訝しみつつ尋ねた。

「寒い中で吐いた『白い息』が、煙幕のように視界を塞いだ――ということですか？」

「ああ。転んだやつは、自転車で峠道を走ってたわけだからな。おそらくは、上り坂の途中で、息が上がっていたんだろう。ちょうどそのとき、後ろから『月がきれい！』と声が聞こえて……。その声につられて、思わず空を見上げる体勢になったことで、自分の吐いた白い息が、まともに目の上に流れてきたってわけだ」

ハルは、クーラーボックスの蓋を、少し開ける。すると、蓋の隙間から、白い靄《もや》が漏れ出した。けれど、薄いその靄は案の定、夏の空気の中に溶けて、あっという間に消えてしまう。箱の向こうにいるハルの姿を、煙のように隠しはしない。……冬の白い息だって、これと、似たようなものじゃないのだろうか。

「どうなのかな。白い息で視界を塞ぐなんてことが、久路、できると思う？」

やはり、招もそこに切り込んできた。

久路はうつむき、答えに迷う。よほどの極寒の地とかであれば、それこそ煙幕みたいな濃い白い息を吐けるのかもしれないが。この異角の冬の気温程度では……。

しかし、ハルは久路と招の疑問に怯むことなく、こう言った。

「確かに、異角の冬の気温じゃ、煙みたいな濃い白い息は吐けねえさ。——だが、転んだやつが、もし眼鏡《めがね》を掛けてたとしたら、どうだ？」

ハルのその言葉に、久路は目を丸くして、「あ……」と声を漏らした。

久路は、眼鏡は持っていない。でも、寒い季節、窓ガラスなどに息を吐き掛けて、それを白く曇《くも》らせたことならある。

「そっか……。白い息はすぐに消えても、眼鏡のレンズの曇りは……」

「そう。思いのほか長い時間、自転車を漕《こ》いでいたそいつの視界を、塞いじまったんだろう。そして、予想外のことに慌てたそいつは、思わずハンドル操作を誤るか、バランスを崩すかして、道端の藪《やぶ》に突っ込むなり、電信柱や街灯の柱にぶつかるなりして、転んじまったってわけだ」

久路は、ゆっくりとうなずいた。そして、隣に座る招に目を向けた。

招は、少し考えるように沈黙したあと、ハルにこう尋ねた。

「……自転車が、何かを踏んづけて転んだ、という可能性は、どうなったのかな。それから、峠の街灯が、タイミング悪く停電した、という可能性も。君がさっき言ったように、山道なら、大きな木の枝なんかが落ちていて、それを踏んだことで自転車が転倒したとしても、おかしくはないと思うんだけど。街灯の停電だって、ありえないとは言い切れないだろう」

「ああ、それはな」

淀《よど》みなく、ハルは、即座にその疑問にも答えを返す。

「俺が思うに、ツキミテさんの話を言い出した人物ってのは、転んだやつのほうじゃなく、転ばせたやつのほうなんだ。そして、転ばせたやつは、転んだやつがなぜ転んだのか、わからなかった。自分もその場に居合わせたにもかかわらず、だ。そう考えたほうが、この噂が生まれ、広まった理由として、辻褄が合うんだよ。……あ。転ばせたってのは、もちろん言葉のアヤだけどさ。実際には、そいつは後ろから声を掛けただけ――いや、声を掛けたつもりでもなく、きれいな月を見て思わず声を上げただけの、単なる独り言だったのかもしれねえな。まあ、どっちにしろ。『月がきれい！』と声を上げたそいつは、眼鏡をしていなかった。だから、前を走ってたやつが、自分と同じように空を見上げただけで、どうして転んじまったのか、わかんなかったんだ」

だからつまり。と、ハルは続ける。

「街灯が消えて急に視界が利かなくなったわけでもない。地面を見ても、自転車が転ぶ原因になるようなものは、何もない。なのに、いったいどうして？　と。そういう、理由や原因のわからない、不可解な出来事を説明づけるために、『ツキミテさん』という理屈を、そいつは思い付いたんだろう。妖怪や、それに類する存在の生まれ方として、これは昔からよくあるパターンだ。……それと、まあ。理由はよくわからないけど、自分のせいで相手が転んでしまったのかもしれない、ってことも考えて、罪悪感を薄れさせるために、罪をなすり付けられる存在として、ツキミテさんを生み出した。そういう心理も、あるいは、あるかもしれないな」

——ってなところだが。と結んで、一息ついて。ハルは、まっすぐ招を見た。

「どうだ、招」

招は、薄笑みを浮かべた唇を、ほんのわずかに開き、

「なるほどね」

と、うなずくこともなく言った。

招のこの台詞で、「噂の鑑定」は完了となる。

招は、おもむろに腰掛け石から立ち上がると、お堂の横にある電話ボックスの扉を開けて、その扉は開け放したまま、中にある黒電話のダイヤルを回し、電話を掛けた。

×

もしもし？　俺だけど。わかるかな。……うん。さっき、電話、掛けてくれたよね。うん。あのさ。電話で君が言ってた、転ばせ月峠の話でね。……そう。あの峠には、月の出ている夜に、ツキミテさんが出るって噂。……なんだけど。
あの峠——本当の名前は、檜山峠、だよね？　あそこには、ツキミテさんだけじゃ

なく、他のモノも棲《す》んでるって、知ってた？

うん。いるんだよ。それの名前は、カゲスミさんっていってね。峠のふもとにある、大きな木の影に棲んでるから、そう呼ばれてるんだけど。うん。峠のふもとの、北側にも南側にもいっぱい生《は》えてる大きな木——。ん？　ヒノキ？　ううん、違うよ。カゲスミさんが木の影に棲んでるんだから、あれは、カゲノキだ。

それでね。ツキミテさんは、君も知ってのとおり、いたずら好きで。自転車で峠を越えようとする人に声を掛けて、月を見上げさせて、転ばせちゃうんだけどさ。でも、カゲスミさんのほうは、そんなことはなくってね。ツキミテさんと違って、わりと、人間を助けるのが好きなんだよ。だから、あの峠で、ツキミテさんに転ばされて怪我をしないようにするには、カゲスミさんの力を借りればいい。

どうすればいいかというとね。峠の北からでも、南からでも、峠道を登る前に、そこに生えてるカゲノキの影の中にあるものを、何か一つ、持って行けばいいんだ。なんでもいいよ。石ころでも、葉っぱでも、木の枝でも。何かしらは落ちてるだろう。峠のふもとには街灯があるから、木の影だって、いつでもあるしね。

で。木の影の中にあったもの。それを、持って行くとね。カゲスミさんが、その人の影の中に、乗り移るんだ。……そうやって、カゲスミさんを、自分の影の中に入れて峠を越えれば。たとえ、峠道の途中で、ツキミテさんに声を掛けられて、月を見上げて、転んでしまったとしても。影の中にいるカゲスミさんが、必ず受け止めてくれるから、絶対に、怪我をしないいんだよ。

もし君が、月の出ている夜に、あの峠を越えることがあったら——そのときは、この話を思い出して、試してみるといい。

×

こうして「語り替え」た噂話を、招はこれから、異角の町中にある黒電話を通して、たくさんの人間に語り広めるのだろう。でも、その語りをいち早く聴けるのは、この「鑑定」の場に居合わせた者の特権だ。久路は、大いに満足して溜め息をついた。

一方ハルは、語り替えの内容に対して、少し不満げな様子でこう漏らした。

「……噂を知らない人間が危険を回避《かいひ》できない、って点では、根本的解決にゃなってねーな。……ま、峠の麓に仰々《ぎょうぎょう》しく祠と立て札でも設置して、注意を喚起しておくか」

こういうときのための郷祭事務所だ、と、ハルは、拳《こぶし》に気合を入れてうなずいた。

それと同時に。ハルの左手の小指に結ばれた黒い糸が、くい、と引っぱられた。

ハルは、慌ててリヤカーの荷台から跳び下りる。そして、靴を履《は》き直す暇もなく、黒い糸に引かれるまま、お堂の後ろへと歩いていく。

久路も、急いでハルを追いかけた。ポケットの中の、糸切り鋏を握りしめて。

黒い糸は、明王像の絵が彫られた巨石の上から、釣針のようにくいんと弧を描いて、ハルの指に繋がっている。

岩に近づいていくと、ほどなくして、向こうから糸を引く力は、消えたようだった。

ハルは、岩の少し手前で足を止め、今度はこちらから、ゆっくりと糸を引いていく。

久路は、ポケットの中の糸切り鋏を、いつでも取り出せるように構えつつ、岩を見上げる。岩のてっぺんから、今にも何か、糸の先に結ばれたモノが降ってきそうな。

そんな想像に、手汗を滲ませて。

「現代民話『転ばせ月峠』の噂話……。もともとの噂のほうは〈禁忌譚―見るな型〉……語り替えた噂のほうは〈異類援助譚―呪宝型〉……」

いつものように、今回の「民話」を分類しながら、ハルは、黒い糸を引き続ける。

やがて、岩の上から、するりと引き下ろされた糸の先には――。

今回も。何も、何者も、結ばれてはいなかった。

ほっと息をついて。そのあとすぐ、二人が、再びお堂の横に戻ってみると。

そこには、すでに招の姿はなく、電話ボックスもなくなっていて、ただ、チーズケーキ蒸しパンの空き袋と、空になった飲むヨーグルトのチルドカップが、招の座っていた場所に残っているだけだった。


斜岩不動明王堂からの帰り道。

リヤカーを引くハルの横を歩きながら、久路は思う。

今回もまた、ハルは、わずかな手掛かりから噂の「真相」を組み立てて、招を納得させてしまった。その「真相」が、どこまで当たっているのかは、確かめようがないけれど。でも、とにかく。噂は実際に偽物で、黒い糸を結ばれたハルが「ハルでいられなくなってしまう」ことはなく、鑑定は、無事成功した。

結局また、これの出番はなかったな——と。久路は、服の上から、ポケットの中の糸切り鋏を触る。もし、鑑定が失敗して、招が警告したように、ハルの身に危険が及んだら。そのときは、自分がこの鋏で黒い糸を断ち切って、その糸の端を自分に結んで、ハルの身代わりになろうと思っているのに。なかなかそういうことにはならないものだ。

今回も、いつもどおり、自分は役立たずだった。招の語りが聴きたくて。それから、ハルの身が心配なことも、もちろんあって。毎回こうやって、鑑定の場についてきてしまっているけれど。それは、ハルからしたら、どうなんだろうか。

そこのところを、久路は帰り道の道中、ふと思い立って尋ねてみた。

「ねえ、ハルさん。……鑑定の場に、なんの役にも立たない私がいるのって、正直、邪魔ではないですか？　招さんと二人だけで話したほうが、やっぱり、鑑定に集中できたりします？」

その問いに、ハルは「はあっ？」と、ひどく心外そうに顔を歪めた。

「冗談じゃねーよ。あいつと二人きりで会って話《はなし》するなんて、考えただけで胃薬がほしくなるね。ほんと、あの場におまえがいてくれることに関しちゃ、俺はいつも、すっげー感謝《かんしゃ》してんだぜ？」

「そう……ですか」

「ったりめーだろ。それに、招への手土産《てみやげ》の茶菓子、おまえが毎回いろいろ考えてくれることにも、助かってる。俺も、甘いもんは好きだけどよ。あいつに食わせる菓子だと思うと、胸クソ悪くて、脳ミソが考えること放棄しちまうんでな！」

「……そんな、すがすがしい笑顔で言うようなことではないですね……」

そう言って、苦笑いを浮かべたあと。

久路は、胸の中に流れ込む安堵に、思わず目を細めて、息を漏らした。

そうか。クラスメートたちといるときと違って、ハルと招と、三人で一緒にいるのを、自分が居心地良く感じるのは。

それは、ハルと招がこんなふうに、仲が悪いせいなのかもしれない。


事務所に帰ってくると、留守電に、招からのメッセージが入っていた。

『チーズケーキ蒸しパンに合わせる飲み物はさ。……俺は、紅茶とかでいいよ』

やっぱり。飲むヨーグルトでは、この季節には濃厚すぎたようだ。

そのメッセージを聞いた、ハルはというと、

「なるほど……。ヨーグルトチーズケーキの存在や、乳製品同士の相性、ということしか考えてなかったが……。そういえば、紅茶のチーズケーキ、ってのもあるもんな」

と、わりと納得した顔をしていた。

＋　＋

少女はわけがわからなかった。

ツキミテさんなんて、自分が適当に考えて言いふらした、作り話だったのに。なのに、あれからというもの、あの峠で「ツキミテさんに声を掛けられて転んだ」って人の話を、飽きるほど聞いた。あの峠の呼び名も、もう「転ばせ月峠」で定着してしまってるほどだ。

一体どういうことなんだろう。自分の考えた作り話どおりのことが、現実に起こっている。それとも、ツキミテさんというモノが、本当に実在したっていうんだろうか。

じゃあ……じゃあ？

もしかして、あのとき。自分は、あの峠に棲んでいるツキミテさんに、取り憑かれていたんだろうか？

半年前の、あの冬の夕方——。

あの日、自分は部活で遅くなって、すっかり日が暮れて暗くなった峠道を、自転車で登っていた。

そのとき、ふと気がついた。自分の少し前を走っている自転車。それに乗っているのが、あの人だって。見えていたのは、街灯と月明かりに照らされた、後ろ姿だけだったけど。それでも、いつもいつも目で追ってる人の背格好。すぐにわかった。

クラスは違うけど、同じ学年の。サッカー部員の男子。口を利いたこともないけど。

向こうは、自分のことなんて知りもしないんだけど。ずっとずっと、憧《あこが》れていた。

最初は、友達に付き合って見に行った練習試合で、あの人のことを知って。あの人、サッカーがすごく上手《じょうず》で。そのプレイにいちいち目を奪われて。でも、試合中や部活中は、いかにもスポーツマンて感じで、しっかりして見えるのに、それ以外のときに見てると、けっこうぼーっとしてるというか、どんくさいところも多いみたいで。メガネを掛けてるせいもあってか、ぜんぜん運動部員っぽくも見えなくて。でも、そういうところも、なんか。なんかいいな、って。

そんなふうに、ずっと思ってた人が、あのとき、たまたま前を走っていたから。

うれしくて、なんだかふわふわした気持ちになって。それで、空を見上げたら、暗くなった空に、月がくっきりと、すごく、やけにきれいに浮かんで見えたから。

「わあー、きれいな月！」って。あの人に聞こえるように、思わず、声を上げていた。

話し掛けられないけど。顔も覚えてもらえないけど。声だけでも、ほんのちょっとでも、あの人の記憶の中に残れればな、とか。あのときの自分は、思ったんだろう。

そうしたら。あの人は、その声に反応して、すぐに、自分も空を見上げた。

そのことが、すごく、うれしくて。心臓《しんぞう》が痛いくらいに跳ね上がった。けど。

次の瞬間、前を走っていた、あの人の自転車が、いきなりぐらついて。道端の藪に突っ込んで、思いっきり派手《はで》に転んだ。

——何がなんだか、わからなかった。

とっさに、あの人の自転車がぐらついた辺りの地面に、目をやった。でも、そこには何もありはしなかった。つまずいたり、滑ったりしそうなものなんて、何も。

わたしのせい？　わたしの声につられて、空を見上げたから、転んだの？

そうも思ったけど。でも、そのくらいのことで？　現に、同じように、自転車に乗って坂を登りながら空を見上げて、転んだのは、あの人だけ。そりゃあ、あの人は、部活以外じゃけっこうどんくさいところもあるみたいだけど、それにしたって……。

びっくりして、混乱して。どうしたらいいか、わからなくて。ついつい自転車を止めることなく、転んだあの人をそのままにして、あの人の横を通り過ぎてしまった。

そして、翌日になって。あの人が、足に、思いのほか重い怪我を負ったと知った。

その怪我のせいで、数日後にある大事な試合に、出られなくなったって——。

あの人が、なんであそこで転んだのか。それが不思議で。いろいろ考えてるうちに、「ツキミテさん」なんて話を思い付いた。

あの人が転んだのが、もし、やっぱり自分のせいだったらと思うと、怖かったから。

他の、何かのせいにしておきたかったのだ。

でも。ツキミテさんが本当にいたとしても、そうでなくても。

あのとき、自分があの人の後ろで声を上げて、そのせいで転んだかもしれないあの人を、助けようともせずにそのまま通り過ぎた、その事実は変わらない。

そして、あのときの怪我のせいで、大事な試合に出られなくなったあの人は、あのときの声の主を、ひどく恨《うら》んでいるかもしれない。それが誰なのかは、わからないだろうけど。

だから……。もしも、あの人が、あのときの自分の声を覚えていたら――。

それを思うと、もう、あの人の前では喋れない。

たとえこれから、いつか、あの人と親しくなるチャンスがあったとしても。

あの人に話し掛けることは、できない。

この先、ずっと、できないのだ。

# 第三話　飴玉を産む蜘蛛

『――はい。こちら、カタリベです。……うん、そうだよ。今、君が掛けてる、その黒電話で。俺は、異角の噂を集めてるんだ。……うん。異角の土地の噂であれば、なんでもいいよ。最近の話でも、そうでなくても。君の身近な話でも、そうでなくても……。君が知ってる、君が聞いたことのある、異角の噂を。――教えてくれるかな』

「――本当にね、異常な暑さなようですよ、今年の夏は。噂を聞いたときはね、そんな馬鹿な、と思ってたんですけど。実際に、私のところもね。コップに入れて置いといたお茶が……一、二時間くらい放っておいたら、本当に、半分くらいの量になってたんですよ。……一人暮らしですからね、うちは。戸締まりもちゃんとしてましたし。これはもう、噂のとおりね。蒸発したとしか――考えられなくて」

「――それくらい、今年は暑いんだって、近所の友だちとか言っててさ！　ほんとに、オレんちでも蒸発したよ！　ヤカンに沸かして、冷ましてた麦茶、家族の誰も飲んでないのに、あっという間に減ってたし！」

「――だからって、暑さで蒸発して……ってことは、さすがにないとは思うんだけどさ。だって、実際、気温はそこまでではないよ？　それに、この町内だけ、局所的に異常な猛暑ってのは、いくらなんでも……。うーん。でも、近所の人らが言ってるように……お茶は、減ってるんだよねえ。これは、自分も体験した事実として、ねえ」

＋　＋

せっかくの夏休みなのだし、この際、いつもは行かないような場所へ、ちょっとだけ遠出してみよう。そう思い立った久路は、今日は図書館へ行くのをやめて、お昼ご飯代を電車賃に変えた。

最寄りの駅で、適当に切符を買って。たどり着いて降りたのは、異角の端の、なんの変哲もない駅。どこにでもあるような町。久路は、駅前のディスカウントスーパーで飲料水を購入《こうにゅう》してから、その駅周辺を散策してみることにした。

はじめのうちこそ、珍しくはないが見知らぬ景色を楽しみつつ、軽い足取りで歩んでいた久路であった。が、しかし。鼻歌も溶けそうな暑さの中、ほどなくして、体がまいってきてしまった。人より体力の劣る身では、それも仕方のないことだった。

そのとき。住宅地の隙間にひっそりと埋もれた、小さな神社を見つけたのである。

木陰に覆われた、涼しげなその境内は、休憩《きゅうけい》するにはおあつらえ向きの場所であった。久路は、石の鳥居の前で一礼し、「お邪魔します」と一言呟いてから、鳥居をくぐって、境内に足を踏み入れた。

境内を見渡すと、良さそうな木陰があった。木漏《こも》れ陽《び》のほとんどない、大きくて、分厚く密な影だ。久路はそこへ歩み寄り、スクールバッグからレジャーシートを取り出して、木の根元にそれを敷《し》いて腰を下ろした。私服にスクールバッグ、という出《い》で立《た》ちで外出するのは、いつものこと。久路は、それ以外に自分の鞄というものを持っていなかった。

駅までの店で買ったペットボトル飲料も、鞄から出して。それをゆっくり飲みながら、久路は体力の回復を待つ。木陰の中にいることに加えて、この神社の境内には、汗を吹き飛ばさんばかりの強い風が、時おりびょうびょうと吹きすさんでいた。おかげで、うだっていた体からはあっという間に熱が引いていった。

風が吹くたび、激《はげ》しくざわめく木々の音を聞きながら。

目を閉じて、じっと休んでいると。やがて、めまいや吐き気の兆《きざ》しは、すっかり奥のほうへ引っ込んで、消えてくれた。

もう大丈夫だろう、と、久路は立ち上がる。

レジャーシートとペットボトルを、元通りバッグに入れて。

それから久路は、ふと、お社のほうへ目をやった。

拝殿もないそのお社は、周りを一巡りするのに、三十歩もあれば余るだろう、というくらいの規模のものだ。

久路は、お社に近づいて、石の台座の上にそびえるそれを見上げる。

大きなものでなくても、お社というのはけっこう凝《こ》った造りをしていて、じっくり眺めてみるとなかなか面白い。といっても、建築様式の種類とか、各部位の名称とか、意匠とか。そういう知識は、何一つ持っていないのだけど。

次に、久路は、お社の後ろのほうへ目を向けた。ここからはどうなっているのか、よくわからないが、見たところ、どうやらあちらにも、それなりに広い空間があるようだった。そこがどんなふうになっているのか。何か、祀られているものでもあるのか。気になった。

久路は、お社の横を通り抜けて、裏へと回ってみる。

すると、そこにあったのは、思いもよらない光景だった。

想像していたような、小さなお社とか祠とか、そんなものではなく。

お社の裏には、三段ほどの階段状になった、がっしりとした木の棚があり、その上に、大量のヤカンが並べられていたのだ。

それを見て、久路は、首をかしげた。棚に並んだ大小十数個もあるヤカンは、そのどれもが、よくある薄っぺらい、鼠色《ねずみいろ》や黄色《きいろ》をしたアルミのヤカンだった。表面の色はくすんで、傷が付いたり、へこんだりしていないものはない。すべて、使い古されたヤカンのようだった。なんだろう、これは。人形供養のように、古くなったヤカンを、この神社で供養でもしているのだろうか。

何か、近くに説明書きのようなものはないかと、久路は周囲を探してみた。しかし、あったのは、文字がかすれてほとんど読めない立て札だけだった。それは、どうやら神社の由来を記したもののようで、「常芽神社」という神社名だけが、かろうじてどうにか読み取れた。

再びヤカンの棚の前に戻ってきて、久路は、しげしげとそれを眺める。

そのとき、気がついた。

棚の二段目に置かれた、大きなヤカン。その真上に伸びている木の枝から、何か、見たことのないものが、垂れ下がっている。

一歩前に出て、久路は、それに顔を近づけて、じっと見つめた。

蜘蛛《くも》の糸——の、ように見える。

太い蜘蛛の糸の先に、糸で薄っすら包まれた、丸い何かが。木漏れ陽に赤く透ける、ビー玉ほどの大きさの塊が、吊《つ》り下げられている。そんなものに、見えるのだが。

久路はごくりと唾《つば》を飲んで、その、糸の先の塊に、ゆっくりと手を伸ばした。

塊に、触れる。そのまま、指先で、そっと摘《つ》まんでみる。思いのほか、硬い感触だった。これは、蜘蛛の卵とか、繭《まゆ》とか、そういうものにも思えない。

胸が高鳴った。正体不明で、よくわからない、怪しげな——これは、もしかしたら。

この世のものでは、なかったり、して。

ある種の期待と興奮《こうふん》が、胸の内側を、痺《しび》れさせていく。

ひょっとして。自分は、今。奇譚。怪談。怪異譚。そんな、憧れている民話の世界に、指を触れることができたのでは。

——と。

赤く透ける塊を摘まむ指に、久路が、ほんの少し力を込めた、その瞬間だった。

不意に吹き荒れた風が、ヤカンの後ろに生い茂る木々を、ざざざ、と掻き鳴らした。

その音に驚いて、久路は思わず、触れていた蜘蛛の糸の先の塊を、強く摑《つか》んだ。

ぶちり、と、糸は切れた。

そして、久路の手の中には、蜘蛛の糸に包まれた、赤く透ける丸い塊が残った。

「あ……」

しまった。少し、触るだけのつもりだったのに。

でも、こうなったら。どうせだから、中身を確かめてみよう……か。

久路は、塊を薄く包む蜘蛛の糸を、果物の皮を剝《む》くように、爪を立てて裂いてみた。

糸の中から出てきたのは。

赤い飴玉、だった。

少し溶けかけた、飴。鼻を近づけて嗅《か》ぐと、甘い匂いがする。

いったい、なぜ。蜘蛛の糸の中に、飴玉なんかが包まれているのだろう。まるで、卵みたいに。

蜘蛛が——飴玉を産んだ、とでも、いうのだろうか。

そのときである。

久路は、気配を感じて、ハッと顔を上げた。

目の前に伸びる、木の枝の茂み。その中から、いつの間にか一本の黒い枝が、突き出ている。

いや。枝、ではない。その細長く黒いものは、先が尖《とが》っており、途中に節があって、表面は、短く硬そうな毛で覆われている。

それは、風に揺れる木々の枝とは、明らかに違った動きを見せていた。

久路は、とっさに後ずさることもできず、ただただ、それに目を奪われた。

その、次の瞬間。

突如、木の幹の陰から、ぬっと何者かの手が現れて、久路の目の前にぶら下がる、その黒い細長いものを、摑んだ。それは、手に摑まれたまま、まだ自由になる節の先をうごめかせてもがく。

何者かの手は、大きな、大人の男のもののようだった。

けれど、しかし。その何者かが隠れているはずの、木の幹は。とてもじゃないが、大人の体を隠すことができるような、そんな太さのある幹ではないのである。

ひどく奇妙な、不可解極まりない光景を目にして。

久路は、木の幹の後ろを確かめてみる気にもなれず、急いで踵《きびす》を返し、足早にその神社をあとにしたのだった。

それから、久路はまっすぐ郷祭事務所へと向かった。電車賃が足りなくなったので、途中からは、いつものごとく歩きになったが。体力の消耗を防ぐため、こまめに休憩を入れつつ、とろとろと。そんな具合で進んで、それでも事務所に着いたのは、夕方と言うにはまだ早すぎる時間帯だった。

日の高さにためらいを覚えながら、久路は事務所の戸を開けた。

「お邪魔しま――」

「おー。遅かったじゃねえか、久路！」

挨拶を言い終える前に。笑顔で戸口を振り向いた、ハルの第一声が、それだった。

「夏休みなんだから、昼からでも朝からでも来れるだろうによー」

「いえ……でも」

不満げな声のハルに、久路は、曖昧な笑みを返す。

わかっている。ハルのその言葉は、自分に気を遣ってくれてのことなのだと。

この面倒見《めんどうみ》のいい所長代理は、郷祭事務所という「居場所」を、厚意で自分に提供してくれているだけなのだ。

それはありがたいことだったが、だからといって、甘えすぎるのは気が引けた。

「まー、こっち来て。扇風機の前、座ってろよ」

今、麦茶いれっから。と、ハルは席を立つ。

けれども、立ち上がった途端、ハルは久路のほうを見つめたまま、ふとその動きを止めてしまった。

「……？」

扇風機のほうへ向かおうとしていた久路は、戸惑いながら、とりあえず、自分もその場に留《とど》まった。

ハルは、久路の目の前まで歩いてくると、「ちょっと、動くなよ」と小さく笑み掛けて、その手を久路の頭に伸ばした。

「なんですか？」

「ああ、いや。髪の毛に、なんか付いてるのが見えたからさ」

そう言って、ハルは、久路の髪の毛からそれを摘まみ上げる。そして、くすりと笑いをこぼした。

「これ……蜘蛛の糸……か？　おまえ、ここに来る前に、一体どこ歩いてき――」

と。そこで不意に、ハルの顔から笑みが消えた。

摘まんだ蜘蛛の糸らしきものを、腕を上に伸ばしてゆっくりと引き剝がしながら、ハルは、訝しげに眉をひそめた。

「なんだ……これ。一本の糸が、体にぐるぐる巻き付いて、くっ付いてるぞ」

どこまでも途切れることのない糸に対して、片手を伸ばすだけではすぐに足りなくなり、ハルは、もう片方の手も使って、久路の体に付いたその糸を手繰っていく。

「どうやったら、蜘蛛の糸が、こんなふうに巻き付くんだ……。いや。そもそもこれ、蜘蛛の糸にしちゃ、やけに太いような……？」

呟いたあと。ハルは、心当たりを問うように、じっと久路の目を見た。

久路は、ここに来る前に寄った、あの神社での出来事を思い出す。蜘蛛の糸に包まれた飴玉。それを、故意でないとはいえ、千切り取ってしまったこと。その直後に目にした、木の枝の茂みから突き出る、何か、黒く細長いもの——今思えば、あれは、まるで、巨大な蜘蛛の脚のようだった。

この糸は、あの神社で付けてきてしまったものなのだろうか。

それにしても、長い糸が、ぐるぐると体に巻き付いているだなんて。それって、なんだか……獲物《えもの》を捕らえるための糸、みたいではないか。

そんな考えが頭をよぎって、久路は、ぞわりと寒気を覚える。

その動揺の色を、ハルは見逃さなかった。

「どうした、久路。この糸がなんなのか、おまえ、知ってるのか？」

「……いえ……。ええ……と……」

言葉を濁して、なんとか、のらりくらりとはぐらかそうとしてみた久路であったが、察しの良いハル相手には、まったくもって無駄なことだった。

強い口調で問い詰められて、久路は、仕方なく神社での出来事を語った。本当は、こういうこと、あまりハルには話したくなかったのだけれど。

話を聞いたハルは、腕を組んで険しい顔になり、案の定、こう言った。

「そりゃあ、もしかしたら、『噂』に関わることかもしんねえな。おまえの話を聞いただけじゃ、なんとも言えねえが……。『常』という字に『芽』と書く名前の小さな神社、ね。異角蛇《じゃの》ノ足《たり》の端っこ、西杜町《にしもりまち》にある、常芽《とこのめ》神社のことだな」

久路が覚えていたのは、境内の立て札に書いてあった、神社名の漢字だけだったのだが。ハルはそれを聞かされただけで、その神社と、神社のあるだいたいの場所を、するすると特定してしまった。そういえば、あそこで降りた駅の名前は、確か西杜駅だったな、と、久路のほうは、ハルに言われて思い出した。

「あの神社なら、縁起は特に蜘蛛とは関係ないはずなんだが……。まあ、なんにせよ、物騒《ぶっそう》な噂だったらまずい。ここは、招に電話して聞いてみるか！」

ハルのその言葉に、久路は、思わず顔をしかめた。わかってはいたけど。やっぱり、こういうことになってしまうか。

ハルは、さっそく事務室の隅にある黒電話に駆け寄って、その受話器を取った。

「……おう、招。俺だ、俺。……ああ。今日は、ちょっと、こっちの事情でな。……手短に聞きたいんだが。異角蛇ノ足、西杜町の、常芽神社に関する噂で、関わるとまずいような噂があるかどうか——それだけ、教えてほしいんだ……」

電話の向こうの招の声は、久路のいるところにまでは届かない。けれど、依然として険しいままのハルの表情から、招がどう答えたのかはうかがい知れた。

招との会話を終えたハルは、受話器を置くなり、久路を振り向いて言った。

「なーに『不本意な展開になった』って顔してんだコノヤロー。さっきだって、糸のこと、最初ははぐらかそうとしやがって。——なんだおまえ、俺に遠慮してんのか？」

率直にそう聞かれ。それがために、久路は答えに詰まった。

そのとおりだ。自分が原因で、ハルに余計な危険を冒させてしまうなんて、とんでもない。こうなることがわかっていたら、あの飴玉を触ろうなどとは、決して思わなかった。軽はずみなことをしてしまったと、久路は、今さらながらに深く後悔した。

溜め息をつく久路に、ハルは言う。

「出かけるぞ、久路。——察しは付いてると思うが、おまえが関わったのは、なかなかタチの悪い、このまま放っとくわけにはいかねえ類のもんらしい。……おい、いつまで不服そうなツラしてやがる。いつもみてえに、招の居所、教えてくれるよな？」

鋭い目で睨まれて、久路は、しぶしぶうなずいた。

「……始辻先駅前《はじめつじさきえき》の……佐倉辺《さくらべ》デパート、屋上……です」

「わかった、行くぞ！」

久路の口にしたその場所を、聞くが早いか、ハルは久路の腕を摑んで歩き出した。

腕を引かれながら、久路はスクールバッグを片腕に抱いて、ハルの横顔を見上げる。

「いつも言ってることですけど——。いざというときは、私が、ハルさんの身代わりになりますからね。そのことを、忘れないでください」

いつもよりも、声に力を込めて。久路は、ハルにそう告げる。

ハルは、ちらとも久路のほうを見ずに、その言葉を聞かないふりをした。

始辻先駅というのは、異角ではいちばん大きなターミナル駅で、郷祭事務所から歩いて十分ほどの最寄り駅だ。目的地はその駅前の佐倉辺デパートであるから、二人は、さほど時間も掛からずそこに到着した。

急いで出てきたため、待ち人への手土産は何も持ってきていなかった。けれど、やってきた場所がデパートであるから、その手のものには事欠かない。しかも、この日はちょうど、八階催物会場で「夏の沖縄《おきなわ》物産展」が開催されていた。エレベーター横にある各階案内のパネルで、「物産展」という文字を見つけたときの、ハルの目の輝《かがや》きようといったら。

＋

どうやら、ハルは物産展の類が相当好きなようだった。しかし、このあとに「鑑定」を控えているためだろう。八階に着いてからは、必要最低限の店だけを回って、手早く茶菓子と飲み物を買《か》い揃《そろ》えると、すぐに「行くぞ」と久路を促した。高まるテンションを必死で抑えている様子なのは、傍目《はため》にも容易に見て取れたが。

そうして、屋上に着いてみると。そこには、いくつもの屋台が所狭しと並んでいた。

どうやら今夜、この屋上で、夏祭りのイベントがあるらしい。その夜店の準備をしているようだ。

あまり見たことのないそんな準備風景を、久路は物珍しく眺めつつ、招の姿を捜す。

一方ハルは、イベントスタッフの人たちにちょくちょく呼び止められて、そのたびに挨拶し、今日ここに来た理由を適当にごまかして……ということを、何度か繰り返さなければならなかった。郷祭事務所、正式名称「異角立郷土祭事管理組合事務所」の仕事は、異角で行われる様々な催しに関わる。このデパートのイベントでは、デパートが郷祭事務所と近い場所にあることもあって、ハルも下準備をいろいろ手伝ったらしい。それで、スタッフの人たちと顔見知りなのだと、ハルは久路に説明した。

そうして、いくらか屋上を歩き回って。

二人はやがて、その男の姿を見つけた。

屋上の隅には、わずか三段の短く素っ気ない階段があり、それを上った先が、十メートルほどのコンクリートの通路になっている。その通路を入った、すぐのところ。デパートの建物の影が被さる場所に、建物を背にして、招は座っていた。そのそばには、例によって、本来ならこんなところにありはしないはずの、雨除けのケースに入った黒電話があった。

階段の両端には、二つの三角コーンが置かれており、その間に黒と黄色の縞《しま》模様をしたコーンバーが架け渡されていて、立入禁止の意が示されている。が、ハルはお構いなしに、三角コーンの横をすり抜けて、招のもとへと向かった。それを見て、久路も少しためらいながら、あとに続いた。

「こんにちは、招さん」

と、久路は声を掛けるが、招はこちらを振り向きもせず、微動だにしない。ただ、目深に被ったフードの下の唇だけを、ほんのわずかに動かして、「よく来たね」と一言返しただけだった。この人の態度としては、まったくいつもどおりである。

久路は、招の正面よりも少し斜めの位置に、座り込んだ。

「今日も、また招さんの『語り』を聴きに来ました——と、言いたいんですが……」

力なく笑って、久路はうつむく。そのあとを、ハルが引き継ぎ、早口で招に告げる。

「こいつがな。常芽神社で、どうも、妙な目に遭ったらしいんだ。んで、さっきおまえに電話で聞いたら、あの神社にゃ、タチの悪い噂があるそうじゃねえか。だから」

「——その噂の語り替えを、俺に頼みたい、と？」

語尾に疑問符が、たぶん、おそらく付いているのだろう、というくらい、ほとんど抑揚のない声で、招は言った。

フードと目隠しの布で覆われた目元。かすかに薄笑みを浮かべただけの唇。いっさい存在しない身振り手振り。そして、この平坦な口調。それらをこうして見ても聞いても、目の前にいるこの男から、感情らしい感情は何一つ読み取れない。

ハルは、招の前に腰を下ろしつつうなずいて、

「何か障りが起こらないうちに、さっさと頼む」

と、躊躇《ちゅうちょ》なく要求した。

ハルが座ったのは、招のちょうど正面に当たる位置だった。しかしその際、招の斜め向かいにいる久路よりも、いくらか招から離れた場所に座ったものだから、三人は、まるで、見えない丸テーブルでも囲んでいるかのような具合になった。

ともあれ。招は「わかった」と、口にはすれど、うなずくことはなく、立ち上がる。

招は、三角コーンの横を通り抜け、三段の階段を下りて、デパート屋内への入口があるほうへと、歩いていった。その姿は、すぐに建物の陰に隠れて、二人のいるところからは見えなくなった。

招が戻ってくるのを待つ間、久路は、今いるこの通路の奥を、たまらず振り返った。

十メートルほどの屋外通路。これは、そもそもどこに続いているのか。なんのための通路なのか。階段の下からではよくわからなかった、そのことが気になって、見て

みたところ、通路の先にあったのは、一坪《ひとつぼ》ほどの森のような空間だった。コンクリートまみれの味気ない空中庭園みたいな景色の中、そこだけ、緑が生い茂っているのだ。

さらに、よくよく目を凝らして見ると。木々の茂みに埋もれるようにして、そこには、赤い鳥居と、小さなお社が一つ、建っていた。

「ハルさん……。なんですか、あのお社。こんなところに……神社？」

「ああ。あれは、商売繁盛《はんじょう》の神様を祀ってるんだ。デパートの屋上に神社ってのは、探してみると、けっこうよくあるぜ。神様の上を人間が歩かないように、お社を屋上に建ててるんだよ」

「そうなんですか。……神様を祀るために、わざわざあんなスペースや、そこに行くためだけの、こんな通路も造って。ちゃんと木も植えて……なんだか、すごいですね。あ。もしかして、今準備をしているお祭は、あの神社に、何か関係あるんですか？」

「……いや。これは、単なるデパートの催しだから……。特に関係はねーな」

と、二人でそんな会話をしているうちに、やがて、招が戻ってきた。

招の手には、いつものように、糸があった。

どこから伸びてきているのか知れない、先の見えない黒い糸。

招は、もといた場所とまったく同じところに、まったく同じ姿勢で座り直し、ハルに言った。

「じゃあ、始めようか、晴生。……今から語る、常芽神社の怪異譚。『飴玉を産む蜘蛛』の噂が、真実から生まれた本物か、それとも、真実ではない噂によって生み出された偽物か。俺にも知り得ないその真偽を、鑑定してくれ。俺は、本物の噂を語り替える気はないけれど。でも、もしも君が、この噂を偽物だと示せる、その道理を語ることができたなら。そのときは、この噂を、語り替えてあげる」

幾度となく聞いたお決まりの台詞に。ハルは、多少うんざりしたように顔をしかめつつ、招の前へと進み出る。

ハルが左手を差し出すと、招は、その小指に黒い糸を掛けて、いったん、手を止める。

「この糸を結んだら、鑑定が終わるまで、君はこの場から動けないよ」

「ああ。もう、わかってるって……」

「そして、もし、君が噂の真偽を見誤ったら、そのときは」

――君は、君でいられなくなるだろう。

と。招の声に合わせて、久路は、心の中でその台詞をなぞった。

わかってる、とハルがもう一度言うと、招はようやく、ハルの指に掛けた、その黒い糸を結び始めた。

ほどなくして、糸を結び終えた招は、両手を膝の上に置いた。

姿勢を正し、一呼吸置いたのち、招は唇を開く。

その唇の、わずかに開いた隙間から出てきた、その声は。

「——ねえ。こんな話を知ってる？」

それは、これまでの、平坦で無感情なものとはがらりと違った。親しい友人相手に、お喋りでもするかのような。そんな、この人の「語り」の声だった。

×

がんがら神社、って、聞いたことないかな。

異角蛇ノ足の、西杜町ってとこの、町はずれにさ。そういう神社があるんだよ。あ、本当の名前は、常芽神社っていうんだけどね。最近、子どもたちの間では、「がんがら神社」とか、「がんがらさん」とか、呼ばれてるんだ。……うん。やっぱり、わからないかもね。ちっちゃな神社だし。地元の、ほんとに近所の人しか知らないような、そんな神社かもしれないな。

ああ、それでね。その、がんがら神社にさ。——蜘蛛がね、出るらしいんだよ。

それがね、ただの蜘蛛じゃない。——なんたって、その大きさが、人間ほどもある蜘蛛だっていうんだから。完全に、化け物だよ。

その化け物蜘蛛は、化け物になる前から、もともと、とても凶暴《きようぼう》な蜘蛛だったらしくてね。神社に巣を張ってた、たくさんの普通の蜘蛛たちを、片っ端から餌《えさ》にして、食い尽くしてしまったんだって。何百匹もの蜘蛛を、共食いして。そうして、そいつは、どんどん大きくなっていったそうだよ。

……ところで、さ。がんがら神社って、お社の後ろに、なんでか、ヤカンがいっぱい並べて置いてあるんだ。で、その中の一つのヤカンの上に、木の上から、妙なものがぶら下がってるらしいんだよ。

それは、見たところ、蜘蛛の糸の塊でさ。中にあるものの赤い色が、光に透けてて。よくわからないけど、糸に包まれてるから、蜘蛛の卵か何かかな、って。それを見た人は、そんなふうに思うかもしれない。

でもね。その糸の塊に包まれてるのは、卵なんかじゃなくて、飴なんだ。

それは、化け物蜘蛛が産んだ、赤い飴玉なんだって。

その飴玉は、もし見つけても、絶対に取っちゃいけないよ。そんなことをすれば、化け物蜘蛛が、たちまち襲《おそ》い掛かってくるって話だからさ。

化け物蜘蛛はね。昔は、蜘蛛を共食いしてたんだけど……。神社に他の蜘蛛がいなくなってからは、人間を食糧《しょくりょう》にしてるらしいよ。自分が産んだ飴玉に、手を出した人間を。糸でぐるぐる巻きにして、捕らえてさ。動けなくなったところへ、でっかい牙を突き刺して。その人の血を、残らず吸い尽くしちゃうんだって。

だから、さ。化け物蜘蛛の産む飴玉が、赤い色をしてるのは。

それはもしかしたら、蜘蛛が食い殺した人間の、血の色なのかもね。

×

飴玉を産む蜘蛛。その奇妙な噂話を聴きながら、久路は、例のごとく招の語りに惹き込まれ、周りの音も光景も、自分の思考も感情も、何もかもを一切忘れていた。

しかし、話が終わって、ハッと我に返る。

蜘蛛の飴玉に手を出した人間。それは、他でもない、自分のことだ。

——でも、妙である。噂では、飴玉に手を出した人間は、たちまち蜘蛛に襲われるということだが。今のところ、このとおり、自分は無事なのだ。なぜだろうか。それを考える久路の脳裏に、あのとき神社で見た光景が、甦った。蜘蛛の脚らしきものを摑む、大きな男の手。ひょっとしたら、あの手は、自分を助けてくれたのだろうか。

そんなことを思う久路の傍らで、さっそく、ハルと招の問答が始まる。

「西杜町で、血を吸い尽くされて死んだやつの話なんざ、聞いたことないぜ」

「それが最近の話だとは、限らないよ。ずっと昔には、そういうことがあったのかもしれない。化け物蜘蛛は、長い間あの神社で眠っていたけれど、最近になって目を覚まして、神社の木の枝に、また飴玉を産み付けるようになったのかも。化け物蜘蛛の伝承を知っていた人が、その飴玉を見て、警告を込めて、この噂を広めたのかもね」

「そんな蜘蛛の話は、異角に関するどの郷土資料にも残ってないがな」

「君が知ってる限りでは、ね」

淡々とした口調で言いかわす招に、ハルは顔を歪めて舌打ちした。

さて。果たして、どうなのだろうか。今回の噂は、本物か、偽物か。

もし、この噂が偽物だった場合。噂の怪異に襲われたら、それは、招のせいであるとも言える。でも、たとえそうであったとしても、久路には招を恨む気持ちも、恐れる気持ちもなかった。

自分たちがどう言っても、招は、語り替えの要求に無条件で応じることもなければ、異角の噂を集め、語り広めるという行為を、やめることもないだろう。語り広めたその噂が、やがては人に仇《あだ》なす怪異を産もうとも。その「人」が、たびたびこうして顔を合わせて話をする、久路であろうとも。なぜなら、招はカタリべだから。カタリべとは「そういうもの」だから。招のそういった所業を責めるのは、夕立《ゆうだち》に遭ったとき雨雲に文句を言うくらい無意味なことだと、久路は、そんなふうに感じていた。

もっとも、ハルのほうは、そこまで割り切って考えてはいないようだ。だからこそ、自分と違い、ハルは招に対して敵意を抱いているのだろうなと、久路は思う。

「ねえ、ハルさん……」

久路が呼び掛けると、ハルは、ただちに眉間のしわを伸ばして、振り向いた。

「ちょっと、聞いておきたいんですが。化け物蜘蛛の出た、あの、がんがら神社――いえ、常芽神社、でしたっけ。あそこは、何を祀っている、どんな神社なんですか？」

「ああ……。えー、それはだな」

コホン、と一つ咳払《せきばら》いして、ハルは、その神社の縁起を語り出す。

「その昔……今の西杜町の辺りには、しばしば、一匹の鬼が出没していた。その鬼は、人を取って食うわけでなし、暴れたり災厄を呼んだりするわけでなし、これといって危険なものではなかったんだが……とにかく、大のお茶好きでな。たびたび人家に忍び込んでは、その家のお茶を、盗み飲んでいたんだそうだ。特によく狙《ねら》われたのが、ヤカンに入ったお茶だったらしい。ヤカンで煮出した茶は、そのままヤカンに入れて置きっぱなしだったりするからな。急須《きゅうす》の茶より、盗みやすかったんだろう」

「……緑茶とか麦茶とかの区別なく、ひとまとめに『お茶』が好きだったんですかね、その鬼は……」

「そうだな。緑茶もまあ、置きっぱなしにしてれば飲まれてたらしいが。麦茶、ドクダミ茶、ヨモギ茶、柿の葉茶、なんでも飲んだと伝えられている。もし今実験したら、紅茶のストレートティーとか、マテ茶とかでも盗み飲まれるんじゃなかろうか。……いや、知らんけどさ」

「へええ。鬼にも、いろいろいるものなんですね」

「うん。まあ、鬼ってのは、はっきりと一つの種族を指す呼び名じゃないというか、かなり定義が漠然としてて、めちゃくちゃピンキリ幅広いからな」

んで、と、ハルは神社の縁起の話に戻る。

「そんなこんなでだ。鬼が出没する地域の住民たちは、頻繁《ひんぱん》にお茶を盗み飲まれて、地味に迷惑していてな。あるとき、寺の僧に頼んで、鬼を退治してもらうことになったんだ。しかしながら、鬼はまさに神出鬼没。退治しようにも、いつどこに現れるのかわからない。そこで僧は、近所で評判だった茶屋に協力を仰《あお》ぎ、その店で扱っている中でも最高級の茶を、たっぷりと用意して、大規模な野点《のだて》を催した。すると、目論《もく》見《ろみ》どおり。滅多《めった》に飲めるものではない高級茶の香りに誘われて、のこのこと野点の場に現れた茶好きの鬼。そこをすかさず捕らえ、僧はその法力《ほうりき》でもって、見事鬼を打ちすえた！　――そうして、倒した鬼を封印して祀ったのが、あの常芽神社の始まりだ」

「……えっ」

あっけない話の幕切れに、久路は、思わず小さく声を漏らした。

神社の縁起話だというから。一体いつ、話の中に神様が出てくるのかな、などと思って聴いていたのに。そういう結末になろうとは。

「え。あの、じゃあ。あの神社って……神様じゃなくて、鬼を祀ってるんですか？」

「そーゆーこと。まあ、民間信仰じゃ、神様と鬼との間に、そんな明確な違いなんてありゃしねーよ。社に祀られれば、とりあえずなんでも神様だから」

「はあ……。それにしても」

「ちなみに、神社名の『常芽』ってのは、鬼をおびき出すための茶を提供した茶屋の屋号な。戦中戦後のゴタゴタで、店のほうは、もう廃業しちまったけど。当時その店をやってた家の子孫が、今でも代々、あの神社を守ってる。……はずだ」

曖昧な言い方をして、ううむ、とハルは唸った。

「郷土祭事管理組合も、あの神社には、今ではほとんど関わってないからなー。郷祭事務所のほうで、年に一回視察に行くくらいで……。そういや、前回俺が視察に行ったあとしばらくして、常芽神社の守《も》り役《やく》、代替わりしたって話だったが……」

そこで、ハルはふと思い付いたように、招に尋ねた。

「なあ。飴玉を産む蜘蛛の噂が広まったのは、どのくらい前からのことだ？」

「そうだね……。ちょうど、梅雨《つゆ》頃からだったと思うけど」

「……それなら、守り役の代替わりは特に関係ねえか。前の守り役が亡くなったの、もっと前のことだしな……」

ハルは腕を組んで、うーんと背中を丸める。しかし、この季節にこんな場所で、そのポーズは暑かったらしく、すぐに体をのけぞらせ、シャツの襟《えり》をパタパタした。

ハルはもちろん、噂の真偽について悩んでいるのだろうが——というか、この噂を偽物だと結論づけるための、筋の通った「真相」を、どうやって組み立てようかと考えているのだろうが。一方で、久路はというと、また別のことが気になっていた。

「あの、ハルさん。お茶好きの鬼が封印されてる常芽神社って——いったい、なんのご利益《りやく》がある神社なんですか？」

先ほどの縁起譚を聞いてから。そのことが、久路は気になって仕方なかった。

久路の疑問に対する、ハルの答えは、

「茶屋の商売繁盛、だな」

「……ものすごく、限定的なご利益ですね」

「うん。まあ、もともと封印が目的の神社で、ご利益とかは二の次だったようだし。昔から、参拝者もあんまり来なかったそうでな……。ただ、周辺住民は、祀り神になった鬼に、たびたびヤカンの茶をお供えしてはいたらしい。当時のヤカンはもう残っちゃいないが……。お社の後ろにあった大量のヤカン、おまえも見たよな？　ああやってヤカンをいっぱい並べて、それに茶を絶やさずにいる限り、鬼は神社の境内に封印されて、外に出てこられないんだと」

それを聞いて、久路はうなずいた。なるほど。あの棚に並べられたヤカンには、そういう意味があったのか。

「ちなみに鬼の名前は、茶が好きな鬼と書いて、茶好鬼《ちゃずき》という。別に鬼自身が名乗ったわけじゃなく、人間が勝手に名づけたんだと思うが。常芽神社祭神、茶好鬼さま」

「ネーミング、安直《あんちょく》ですね。……あの、ところで」

そもそも、だ。根本的な話として。

「その縁起や鬼の話っていうのは、本当にあったことなんですか？　茶好鬼さまって――実在するんでしょうか」

久路のその問いに。ハルは、「さあ、どうだか」と首をかしげた。

「そこは、俺にはなんとも……。茶好鬼さまを、実際に見たこともないしなあ。……そうだなー。誰か、知ってるやついねーかなー。鬼とか神様とか、そういうのが実在してたら、それと顔を合わせる機会のあるやつとかいねーかなー」

聞こえよがしに呟きながら、ハルは、チラチラと招のほうへ目線を送る。しかし、招が一切反応を示さないので、しまいには顔ごと振り向いて、じいっと招を見つめた。

フードと目隠しで目元を覆った招は、その視線を知ってか知らずか、ともかくようやく口を開いた。

そうして、言うことには。

「お茶と言えばさ。今日は、何かお茶菓子は持ってきてないの」

「……ああ、うん。八階の沖縄物産展で、ちゃんと買ってきたから、心配すんな」

脱力した声で、ハルはそう答えた。

買ってきたその茶菓子を、ビニール袋から取り出しながら、ハルは話を戻し、

「まあ、鬼や神社の縁起は置いといて、だ。蜘蛛のことを考えてみるか。……まず、

蜘蛛が産んだという飴玉だが。久路は、その実物を見て、触ったんだよな？」

「はい。そのあと、もぎり取った飴玉は、神社に捨ててきてしまいましたけど……」

「その飴玉、どんな感じだった。噂と同じ、赤い飴だったのか？」

「ええ。イチゴの飴の匂いがしました」

「ふむ。飴を包んでた糸は、どうだった。それも噂どおり、光に透かすと中の飴の赤《あか》色《いろ》が見える、ってくらいの厚みだったか？」

「え……と。ちょうど光が射《さ》していたので、確かに、そんなふうには見えましたが。でも、糸の厚みは、そこまででもありませんでしたよ。中の色は、光に透かさなくても見えるくらいで……糸の上から触っても、飴玉の感触が、はっきりわかりました」

久路の話を聞いて、ハルは、ふんふんとうなずく。

「ハルさん。お茶菓子を招さんに……」

「お。そうだった」

ハルは、招の前まで移動して、菓子を手渡した。一個がけっこう大きく、ずしりと重いものなので、投げ渡すのもためらったようだ。

「ほい。沖縄名物、アガラサー」

「……何、それ」

「黒糖を使った、もちもちした食感の、蒸しパンみたいなお菓子だそうですよ」

答えながら、久路もまた、ハルからアガラサーを一つ受け取る。

アガラサーという菓子は、以前図書館で読んだ、沖縄のガイドブックに載っていた。美味しそうだったので印象に残っていたのだが、実際に口にするのはこれが初めてだ。

あと、同じ本で見た、パパイヤのティラミスとか、黒豆パインジャムとかも気になっているのだけど、そういうのも、物産展では売っていたりするのだろうか。

いや。それはともかく、アガラサーだ。

標準的なアガラサーというのがどういうものなのか、久路にはわからないが、このアガラサーは、一つが手の平よりも大きいものだった。それでいて、ふわふわタイプではなくもちもちタイプの蒸しパンなので、やたら重量がある。形は、丸いマドレーヌみたいなシンプルなもので、しかし、マドレーヌとは違い、盛大にアルミカップから溢れて盛り上がっている。見た目が茶色《ちゃいろ》なのは、黒糖の色だろう。

「最初はさ、沖縄展だし、サーターアンダギーでも何個か買っていこうかなって、久路と話してたんだけどよ。これの商品陳列がインパクトあったもんだから、思わずこっちにしちまったんだよな」

このアガラサーは、物産展の売り場の一角で、もうもうと立ち昇る湯気の中、うず高くピラミッド状に積み上げられ、陳列されていた。アガラサーを載せている台の下には巨大な蒸籠《せいろ》があって、湯気はその中から出てきていたが、蒸籠は本物ではなく、ディスプレイ用の飾りらしかった。ともあれ、その湯気と、どーんと積み重なったアガラサーは、売り場の中でもひときわ客目を引いたのである。

個包装の透明な袋を開けて、久路は、そのアガラサーの端をひとかけ、千切り取って食べてみた。

美味しい、と、久路は思わず呟く。なんということはない素朴な菓子なのだけれど、生地の中に、混ざり切っていない黒糖の粒がたくさん残っており、それが蒸し上げられることで良い具合に溶けて、周りの生地に、じゅわりとコクのある甘みが染み込んでいる。その部分が、もうなんとも言えず、たまらない舌触りなのだ。

ふと見ると、招もまた、久路と同じ、これを千切って食べる派のようである。

アガラサーを千切りながら、招はハルに言う。

「この前持ってきたのも、蒸しパンだったよね。君、今、蒸しパンに凝ってるの」

「いや、別にそういうわけじゃ……。こないだの冷凍チーズケーキ蒸しパンは、北海《ほっかい》道《どう》の蒸しパンだろ。これは沖縄の郷土菓子。日本《にほん》の端と端なんだから、ほぼ別物だ!」

「あのチーズケーキ蒸しパン、北海道のものだったのかい」

「ああ、間違いない。蒸しパンの表面に、北海道のマークが入ってたからな」

それは、商品に使用しているチーズの産地をアピールしているのでは……。そのことをもって、あれを北海道菓子と言ってもよいものか。このアガラサーと、蒸しパンという共通項はあれど別物であるのは、確かだが。

「いやー、それにしても、美味いんだなアガラサーって。帰りにもう一回寄って、家にも土産に買って帰ろ。ついでに、物産展の他の店もいろいろ見て回って……あ。そういや、アガラサーの売り場の向かいにあった店のも、美味そうだったよな。なんか、分厚いホワイトチョコの塊みてーなやつ。ホワイトチョコにいろんな味が混ぜ込んであって、マーブル状になっててさ。あれも買って帰ろっかなー」

「……あの、ハルさん。アガラサーの売り場の向かいって。それ、食べ物じゃなくて、石鹸《せっけん》のお店でしたよ？」

「えっ、嘘？　石鹸って……え。だって、商品名に、黒糖とか、シークヮーサーとか書いてあったぜ？　他にも、パパイヤとか、ドラゴンフルーツとか、もずくとか――……もっ、もずく!?」

「それ見た時点で、気づいてくださいよ……。まあ、もずくのアイスとかはあるらしいですし、もずくを混ぜ込んだホワイトチョコというのも、ないとは言い切れないかもしれませんが」

「……ぬう。あれ、石鹼だったのかあ。……なあんだ、ちくしょうっ……」

溜め息をついて、ハルは稀に見る落ち込んだ顔で、うなだれた。

「……あ、そうだ。飲み物も、買ってきてっから」

ハルは、もう一つのビニール袋から缶に入ったお茶を取り出して、久路と招に一本ずつ渡した。これも沖縄展で買ってきた、さんぴん茶というものだった。

やまぶき色のその缶を開けて、久路は一口、飲んでみる。お茶は、さっぱりとした口当たりで、ちょっと変わった香りがした。さんぴん茶というのは、確か、ジャスミンの香りのお茶のことだっただろうか。沖縄の方言で、ジャスミンのことをさんぴんと言うのだと、ガイドブックには書いてあった気がする。しかし、久路はジャスミン茶自体を飲んだことがないので、果たしてこれがジャスミンの香りであるのかどうかは、同定のしようがないのだった。

「さんぴん茶、アガラサーに、よく合いますね」

「そうだな。アガラサーの風味が濃厚かつシンプルだから、こういう香り付きのさっぱりしたお茶とは、なかなか相性が――」

「このお茶、ぬるいんだけど」

「……買ってから時間経っちまったから、しょうがねーだろ。我慢して飲め。あんまり冷たい茶は、体にわりーぞ」

「よく言うよ。先月、君のとこの事務所に行ったときには、氷のたっぷり入った冷茶を出してきたくせに……」

三人で、そんなことを言い交わしつつ、気安い飲み食いの時間は過ぎていく。

……いや。そうじゃない。別に、ここへはおやつを食べに来たわけじゃなかった。

もちろん、ハルも、そのことを忘れているはずはなく、

「……がんがら、って、なんだろうな」

と、飲み食いを続けながら、招の語りの中に出てきたその言葉を、ふと呟いた。

「がんがら神社……がんがらさん……。さっき招が語った噂によれば、常芽神社が、最近そう呼ばれてるって話だが……。もとの神社名とは似ても似つかない呼び名だよな。あの神社のそんな通称は、俺も聞いたことねえし、最近になって生まれた呼び名ってのは、おそらく確かだと思うんだが……。なんで、常芽神社が、がんがら神社って呼ばれるようになったんだろう」

首をかしげるハルに、少し考えて、久路は言う。

「がんがら……。何かの、音のような響きですね」

「そうだな、擬音《ぎおん》っぽい。が、あの神社やその近くに、そんな感じの音を出すものとか、あったっけか。……久路、おまえ、何か聞かなかったか？」

「いいえ。そんな音を、あそこで聞いた覚えは……」

「うーむ。……あ。そういや、招。『がんがら』ってのは、子どもたちの間で使われてる呼び名だって、おまえさっき、そう語ったな」

「ああ。黒電話で噂を教えてくれた子どもたちは、だいたいみんな、その呼び方をしていたからね」

「ふむ……。『飴玉を産む蜘蛛』の噂は、子どもを中心に広まった話なのか？」

「そうだね。普段、あの神社を遊び場にすることのある小学生や、その知り合いの子どもたちの間に、広まった話のようだよ」

その情報は、果たして何かの手掛かりになったのか、どうか。

ハルは、寸刻口をつぐんだあと、今度はまた、久路に尋ねた。

「久路。飴玉を包んでたのは、本当に、蜘蛛の糸だったのか？」

「え……たぶん、そうだと思いますが。糸には、小さな羽虫とか、落ち葉とかのゴミも付いてましたし。そういう、粘着性のある糸で……」

「人工物のようではなかった、と」

「ええ、そうは見えませんでしたね。裁縫に使う糸とかとは、明らかに別物でした」

久路のその答えを聞いて、招が、ふうんと呟いた。

「だとしたら。飴玉を、産んだのか、包んだだけなのかは知らないけれど、それは、とりあえず蜘蛛の仕業《しわざ》、ということでいいのかな」

「いや、そうとは限らんぜ」

招の言葉に反論して、ハルは述べる。

「飴玉を、蜘蛛の糸で包んで木の枝から吊るす……ってだけなら、人の手でも、できないことじゃないと思うんだ。蜘蛛の糸、というか、蜘蛛の巣を、大量に集めさえすればな。……たとえばだ。蜘蛛の糸を使って虫取り網を作る方法、ってのがある。これは、輪《わ》っか状にして柄を付けた針金とか、そういうのを用意してな。網の部分がなくなった虫取り網とかでもいいんだが。そういうものの、輪っかのところに蜘蛛の巣をくっ付けて、網を作るわけだ。巣の形を崩さないよう、そーっとくっ付けて、輪っかの外にはみ出した糸を、上手く絡め取るようにしてな。まあ、平べったい網というか、テニスのラケットみたいな状態を想像してもらえばいい」

言われたとおり、久路はそれを想像してみる。ラケットを振るようにして虫を捕まえるのだろうか、それは。

「蜘蛛の巣一枚だけだと、さすがに強度も弱いから、何枚も何枚も、輪っかに巣をくっ付けて重ねていく。そうすると、でかいトンボやセミなんかも捕れる、けっこう強い網ができるんだ。……その網の真ん中に、飴を一個、ぽとんと落としたところで、網が破けることはないだろう」

大きなトンボやセミなど、暴れれば、それなりのパワーがあるだろう。そんなものを捕らえることのできる網なら、確かに、飴一個の重みくらいは問題なさそうだ。

「で、そうやって、飴を網の上に載せたらだな。輪っかの内側を、木の枝でもなぞって、ていねーいに網を輪っかからはずしていく。その網で、飴玉を包むわけだ。でもって、またもう一回、蜘蛛の巣の網を作ってだな。……あとは、てるてる坊主の作り方みてーなもんか。先に糸で包んだ飴玉が、てるてる坊主の頭の中身。それを、新たに作った巣の網でくるんで、てるてる坊主の、首だけじゃなく胴体までぜんぶ捩《よじ》って、頭の部分以外を一本の紐状《ひもじょう》にする、と。――そうすれば、『一本の糸の先に、飴玉を包んだ丸い糸の塊』って状態のもんが……たぶん、出来上がる。手先の器用なやつなら、できるんじゃねえかな」

ハルは、久路に対しては身振り手振りを交えながら、目隠しをしている招にも、ちゃんと言葉だけで伝わるような説明をした。

　そして、続けて述べることには、

「ただし、だ。蜘蛛の糸を大量に集めるってのは、実際問題、なかなか大変なことだろう。――だからこそ、飴玉を包む糸は、そんなに厚みのあるものにはならず、中の飴の色が透けるくらい、薄くなる。もし、飴玉を包んだのが本当に蜘蛛だったとしたら、分厚い糸の塊を作るのなんて、容易《たやす》いはずだ。普通の蜘蛛の卵嚢《らんのう》――卵を糸でくるんだものだって、ふわふわの繭みたいだったり、殻のある木の実みたいだったりするからな。……久路が見たそれは、そういうものじゃ、なかったんだろ？」

　はい、と久路はうなずいた。飴玉を糸で薄っすらと包んだあれは、繭なんかとは、ほど遠かった。

「な？　招。人の手で蜘蛛の糸を集めて作ったものだから、分厚く飴玉を包めるほどの糸を手に入れるのは、難《むず》しかったんだよ」

　アガラサーを、むしりむしり口に運びながら聞いていた招は、それを受けて、

「どうかな。……飴玉を、どのくらい分厚く包むかなんて、蜘蛛のさじ加減一つというか、その蜘蛛の性格次第かもしれないし」

「ふん。なんだったら、『飴玉入り蜘蛛の糸が人間の手作り』説を補強する材料は、まだあるぜ」

　さんぴん茶をぐいっとあおって、ハルは言う。

「もし、俺が言ったように、飴玉を包んでた糸が、蜘蛛の巣を集めて作ったものだとしたら。その蜘蛛の巣は、どこで手に入れるのが自然だと思う？　……それは、普通に考えりゃ、『飴玉入り蜘蛛の糸』を作って吊るす場所から、最も近場にある蜘蛛の群生地――つまりは、神社の境内だ。そこで蜘蛛の巣を集めるのが、いちばん手っ取り早く、都合がいい。境内には緑があるから、虫もいて、それを餌にする蜘蛛も、おそらくたくさん巣を張ってるだろうからな」

　そして今度は、アガラサーをひと齧り。喋っている途中なので、その量は控えめだ。

「で。さっき、おまえが語った噂話の中には、こうあったよな。化け物蜘蛛は、神社に巣を張ってた他の蜘蛛を、片っ端から餌にして食い尽くした、と。――その噂は、蜘蛛の巣が採り尽くされた神社の境内を見て、『この前まであんなにたくさんいたクモが、一体、どうしていなくなったんだろう？』と疑問に思った子どもが、その理由を空想して生み出した……そんな話なんじゃねえか？」

「さあ、それはどうかな」

　ハルの説に、招はすぐさま異を唱える。

「蜘蛛の巣を、たとえいったんは採り尽くしたとしても、蜘蛛はすぐにまた巣を張るだろう。ほんの一時的に、蜘蛛の巣が境内から消えただけで、『神社の蜘蛛は化け物蜘蛛に食い尽くされた』なんて噂が、広まったりするものかね」

「……それじゃあ。『飴玉入り蜘蛛の糸』を作ったやつは、最初に蜘蛛の巣を集めたとき、巣だけじゃなくて、蜘蛛も一緒に集めて持ち帰った、と考えればどうだ」

「へえ。なんのために」

「そのあと、自分の家の庭かどこか、神社よりも人目に付かないところで蜘蛛の糸を集めるため、とかな。……そいつが『飴玉入り蜘蛛の糸』を、それから何度も、あるいは何個も作るつもりでいたとしたら。その上で、自分がそんなものを作っていると、人に知られたくなかったのだとしたら。そういう行動に出る可能性はあるぜ」

「……ふうん。でもさ。そもそも、その『飴玉入り蜘蛛の糸』を作った人間は、一体、なんの目的でそんなことをしたというの」

招のその問いに、そこまで食い下がってきたハルも、言葉を詰まらせた。

うーんと顔をうつむかせ、そこなんだよなあ、と、ハルは呻く。

「もう少し、情報が欲しいところだな。……久路。おまえ、何か、気が付いたことはなかったか？　常芽神社や、その周辺の場所に関して、印象に残ってることとか」

「印象……。そうですね。あの辺りは、やけに風が強かったこと、くらいでしょうか」

「あー。西杜町は、地形の関係で、周りの他の土地よりも、かなり風が激しいんだよな。以前は、あの神社の裏辺りに防風林があったんだが。あの辺にもどんどん家とか建ち出して、今じゃ、林も拓《ひら》かれちまって……」

ハルは、だいぶ食べてしまったアガラサーの残りを、一口で一気に頬張り、むしゃむしゃと平らげた。

それから、少し黙り込んだあと、おもむろに口を開いて、

「風、か……。そのせいだろうな。化け物蜘蛛が、大きさが人間ほどもある、巨大な蜘蛛だと噂されたのは」

「え？　……どういうことですか？」

「うん。招の語った噂を聞いてな。化け物蜘蛛の大きさに関しては、俺は、なんとなく違和感を覚えてたんだ。飴玉ってのは、そんなに大きなもんじゃねえだろ？　なのに、それを産んだとされる蜘蛛が、なんでそんなに巨大な、飴玉に似合わねえサイズの蜘蛛として語られてんのかな、って」

久路は、小さくうなずいた。言われてみれば、不自然なことかもしれない。

「でも、それが、風のせいというのは？」

「ああ。あの神社の辺りって、さっきおまえも言ったように、けっこうな強風地帯だ

ろ？　そうすっと……。たとえば、ヤカンの上にぶら下がってる飴玉を、不思議に思って、じいっと見つめてた子どもがいたとする。その子どもは、気になるその飴玉に、そおっと手を伸ばしてみる。――その瞬間！　いきなり強い風が吹いて、飴玉がぶら下がってる木の枝を、ザザザっと大きく揺らしたとしたら。……もちろん、それは風のせいだと、頭では理解できるかもしれない。けど、いきなりの大きな音、激しい木の枝の動きに驚かされた、その恐怖心は、子どもの空想の中で、巨大な化け物の姿を生み出してもおかしくない。……あの神社で、そんな体験をした子どもが何人もいて、それで、『巨大な化け物蜘蛛』の噂が広まったんじゃねえかな」

なるほど、と、久路は納得した。久路自身も、あの神社で、突風が木々を掻き鳴らす音に驚いたという、そんな体験を、まさにしてきたのである。

噂の化け物蜘蛛が、「巨大」な蜘蛛として語られた理由。その話を聞いた招は、ただ、ふうんと呟いただけだった。これに関して、特に異論はないようだ。

そんな招を、ハルは、じろりと横目で睨む。

「おい招。一応聞くが、常芽神社に関して、さっき語ったのとはまた別の噂とか、そういうのはないのか？」

「それより、アガラサーのおかわりないの？」

「それより、じゃねーよ！　このアガラサーはサイズがでかいから、一人一個ずつしか買ってねーよ！」

「あの、招さん。よろしければ、私のぶんを半分どうぞ……。口を付けて食べてはいませんので」

久路は、招のそばに行って、半分残っていた自分のアガラサーを渡した。このサイズを、ぜんぶ食べ切るのはなかなかつらいと思っていたので、ちょうどよかった。

久路がもとの位置に戻ってから、ハルは、溜め息をついて再度問う。

「で？　どうなんだ、招。常芽神社にまつわるうわ――」

「あの神社ではね、お賽銭《さいせん》は、賽銭箱に入れずに、木に吊るすらしいよ。五円玉とか五十円玉とかをね、糸を通して木の枝に吊るしておくと、願い事が叶《かな》うんだって！　あ。木に吊るすのは、小銭じゃなくてもいいらしいけどね。自分が持ってる宝物で、吊るしやすい形のもの……ペンダントとか、そういうものでもいいんだって」

前置きも、一呼吸の間も何もなく、唐突に声色を変えられて、ハルはギョッとその身をすくませた。フードから覗く口元の表情はいっさい変わらず、ただ、それまでの淡々とした声だけが、一変して別人のように感情豊かになったのだから、それは確かに、驚くのも無理はない。

「あとは」

と、「語り」が終わった途端、招はぱたりと抑揚のない口調に戻り、そしてまた、

「蜘蛛の糸に包まれた飴玉にはね、蜘蛛の毒が入ってるんだ。化け物蜘蛛はさ、雨が降るたびに、飴玉を吊るした、その下にあるヤカンの蓋を開けるんだ。そうして、飴玉が雨に溶けた雫《しずく》を、ヤカンの中に垂らしてるんだよ。……だから、あそこにあるヤカンの中身は、絶対に飲んじゃいけないいんだって」

「……ふむ。……賽銭や、ペンダントを木の枝に吊るす……蜘蛛がヤカンの蓋を開けて、毒を入れる……ねえ」

呟いて、ハルはさんぴん茶を、ごくり、ごくり、とゆっくり飲み干した。

「木に吊るすのは、お賽銭でなければ、自分の宝物でもいいという噂なんですよね？　飴玉を吊るした人にとっては、それが『宝物』だったってことなんでしょうか」

「うむ……。しかし、単に飴を吊り下げたいだけなら、わざわざ蜘蛛の糸なんて使う

かねえ。飴の袋に針で穴開けて糸を通す、とかしたほうが、よっぽど楽だと思うが。……むしろ、だ。小銭も、ペンダントも、飴玉も。それらを吊るしたのは、ぜんぶ、同じ人間なのかもしれん」

　空になったお茶の缶を、ハルは、コン、と地面に置いた。

「つまりだな。そいつにとっては、とにかく、木の枝に何かを吊るすこと。それ自体が重要だったんだ。吊るすものは、別になんでもよかった。で、最初のうちは、手元にあった小銭やらペンダントやらを吊るしてて、そんなものが枝からぶら下がってる光景を見た子どもたちが、それを、願いを叶えるための、一種のまじないだというふうに解釈した。そこから、さっき招が語ったような噂が生まれたんだ」

「それなら」

　と、招がそこで口を挟む。

「どうして、『蜘蛛の糸で包んだ飴玉』なんていう、用意するのにひどく手間の掛かりそうなものが、吊るされるようになったのかな。君も、今、言ったじゃないか。ただ飴玉を吊るすなら、飴の袋に糸を通すなりしたほうが、よっぽど楽だって」

「それは……」

　考えを整理するように、少しの間口をつぐんで。それから、ハルは言った。

「明らかに人工物だとわかるものを吊るすと、それを枝から取り外されちまうから、だ。……『飴玉入り蜘蛛の糸』を吊るしたやつは、最初、小銭やペンダントを枝に吊るしていた。が、それらは、神社に遊びに来た子どもに盗まれたり、あるいは、神社を掃除しに来た人間に、子どものいたずらだと思われ片付けられたりして、すぐに枝からはずされちまった。そこで、そいつは考えたんだ。小銭より、ペンダントより、もっとどうでもいいものを、蜘蛛の糸で包んで自然物のように見せかけたら、子どもに盗まれることもなく、神社の守り役に片付けられることもなく、それを、ずっと木の枝に吊るしておくことができるんじゃないか——とな」

「へえ、それじゃあ。その飴玉は、ずっと木に吊るし続けておいてこそ、意味のあるものだというんだね」

「ああ。それと、吊るす場所がヤカンの上、ということにも、意味はあるんだと思う。……さっきの、飴玉には蜘蛛の毒が入ってる、って噂だが。それは、ある光景を目撃した子どもたちが、蜘蛛の糸に包まれた飴玉の正体を、自分なりに想像、考察して、そうして導《みちび》き出した結論なんだろう。……で。その子どもたちが『蜘蛛は、雨に溶かした飴玉の毒を、ヤカンに入れている』と、そういった考えに至ったのはだな。あの神社で『雨の日にヤカンの蓋が開いていた』のを、目にしたからなんだと思う」

「ふうん。……それで」

「ヤカンの蓋……飴玉の下にあるヤカンの蓋は、雨の日には開いてるんだ。それを開けてるのは、飴玉をそこに吊り下げた人物。だからおそらく。その人物が、ヤカンの上に飴玉を吊り下げたのは、飴玉から滴《したた》る雨の雫を、ヤカンの中に落とすため！」

と。威勢良い口調で、そう言い切ったものの。

ハルはそこで言葉を切って、うつむき、頭を抱えた。

「けど……一体、なんのためにだ⁉　ヤカンに水を入れたいだけなら、そこらの水道から汲《く》んでくりゃいいだけだし。水道水とかじゃなく、雨水にこだわってんだとしても、さすがに、もっとなんかやりようあるだろう！　……くそおっ、わからん！」

そして、顔を上げたハルは、勢い良く招を指差して、

「謎が解けないのは、おまえが何かヒントを隠してるからに違いない！」

と、ちょっと涙目になりながら、そんなことを叫んだ。

「招！　常芽神社にまつわる噂は、本当に本当に、もう何もないんだろうな⁉」

「うん。常芽神社にまつわる噂はね」

含みのある、その言い方に。ハルは、ぴくりと眉を動かした。

それじゃあ、と。片目を細め、ハルは招を睨む。

「常芽神社にまつわる噂、からいくらか範囲《はんい》を広げて——西杜町にまつわる噂、だったら、どうだ？」

ハルがそう問い直すと、招は、わずかに笑みを浮かべたその唇を、薄く開いた。

「西杜町の噂？　そうだね。俺が知ってる話では、こんなのがあるよ。あのね。今年の夏は、西杜町の辺りだけ、なんだか異常に気温が高いんだって。なんでもさ。ヤカンやコップに入れてたお茶が、ちょっとそのまま置きっぱなしにしてただけで、半分くらい蒸発しちゃうっていうんだから。本当だとしたら、もう、相当な暑さだよね」

その語りを聴いて、久路は、ハッとした。

先ほどハルが語った、常芽神社の縁起譚。その中に出てきた、人の家のお茶を盗み飲んでいたという、お茶好きの鬼の話を、思い出したのだ。

もちろん、ハルだって、それに気づかないはずがない。

目を見開き、ハルは言った。

「招……。その噂は……噂、なのか？　それとも、実際に起こってる出来事なのか？」

「ん？　何を言ってるんだい。噂の真偽を鑑定するのは、君の役目だろう」

淡々とした口調で、招は、そう返しはしたが。

「ただ……この噂に関してはね。知り合いからこんな噂を聞いた、というだけじゃなく、自分の家でもこの噂どおりの出来事が起こった、と付け加えて話す人が、とても多かったよ」

と、続けて述べた。

噂の中には、神社こそ出てこないけれど。もしも、この噂が。置きっぱなしにしていたお茶が、なぜか異様に減っている、という出来事が。常芽神社に祀られている、鬼の仕業なのだとしたら。それは、同じ神社にまつわる『飴玉を産む蜘蛛』の噂にも、何か、繋がりがあるかもしれない。

そんな噂を、招は、本当に聞かれるまで語ろうとしなかった。まったくもってタチが悪い。

さっきのハルのやけっぱちな叫びも、あながち間違いではなかったわけだ。

「ハルさん。お茶好きの鬼——茶好鬼さま、でしたっけ。その鬼は、今、神社の外を出歩いているんでしょうか」

「あ……ああ。社の後ろのヤカンに、茶が入ってさえいれば、神社からは出てこないという話だったが——」

「じゃあ、今は、その封印が解けて？」

「かもしれんな。だとすると、今、ヤカンの中は空っぽってことか？　……さては、代替わりした新しい守り役が、面倒くさがって、ヤカンに茶を入れるのをサボってんじゃあ……うーむ、ありえることだ」

ハルは、苦々しげに眉間にしわを寄せた。

けれども、次の瞬間。

「――待てよ？　あそこのヤカンが空《から》っぽだとしたら……」

ふと呟いて、その直後、ハルは「あっ」と声を上げた。

「そっか……。そうかそうか、わかったぞ」

せわしなく、一人で何度もうなずいて、ハルは、両の拳をぐっと握った。

「やっぱり、茶好鬼さまは今、封印を解かれて神社の外を出歩いてる。そして、西杜町をうろついて、祀り神になる以前のように、人の家のお茶を盗み飲んでいる。そう考えれば……ぜんぶ、繋げられる！」

そう言って、顔を上げたハルは、

「よおし。んじゃあ、今から話すこと、よおく聞いとけよ」

と、不敵な笑みを招に向けた。

「えーと、まずはだな。常芽神社にあるヤカンの中身だが……。茶好鬼さまの封印が解かれていると思われることから、ヤカンには今、お茶は入っていない。しかし、かといって、ヤカンが空っぽというわけでもない」

ハルのその言葉に、久路は、思わず首をかしげた。

それを見て、ハルは続けてこう述べる。

「だってよ、考えてもみろ。常芽神社の境内には、しょっちゅう強い風が吹き荒れてんだぜ。——あの神社のお社の後ろに並べてあるヤカンは、どれも、ペラペラな薄っぺらいアルミのヤカンだったろ？　あんなもん、中身が入ってなきゃ、さほどの重さはありゃしねえ。空っぽの軽いヤカンが、あんなふうに、強い風の吹く場所に置かれてたら……おそらくは、その風で、棚から転げ落ちちまうだろうな」

確かに——言われてみれば。と、久路はうなずく。

「でも、私が神社に行ったとき、強い風は何度も吹きましたけど、ヤカンが棚から落ちることなんて、一度もありませんでした。……と、いうことは」

「うん。あのヤカンの中には、おそらく今、重りが入ってる。……たぶん、こういうことだ。常芽神社の守り役が、最近になって代替わりしたって話は、さっきしたよな。新しく守り役になったその人は、神社を守るというその役目を、それまでの守り役たちよりも、ずっと軽《かろ》んじて考える人物だった。そんな人だから、社の後ろにたくさん並んでるあのヤカンに、いちいちお茶を入れて供えるなんてことは、面倒になっちまったんだろう。……けど、ヤカンの茶を替えずにおいたり、茶の代わりに水を入れて長期間放置ってのも、衛生的《えいせいてき》に良くないからな。ボウフラとか涌《わ》くだろうし。あるいは、入れてた茶は、茶好鬼さまがぜんぶ飲み干して、そっからずっとヤカンは空っぽだったのかもしれねえが……。とにかく、空のヤカンをあそこに置いとくと、強風でしょっちゅう棚から転げ落ちて、ヤカンはへこむし傷付くし、がんがらがんがら、うるさくてしょうがねえ」

「……あ。それじゃあ、ヤカンの落ちるときの、その音が」

「そう。『がんがら神社』って呼び名が生まれた理由なわけだ。で。まあ、そんなことになってだな。新しい守り役は、風でヤカンが落ちないようにと、ヤカンに重りを入れることにした。……きっと、コンクリでも流し込んだんじゃねーかな」

「コンクリートを……。そんなことされたら、茶好鬼さま、落ち込みそうですね……」

久路の言葉に、そうだな、とハルも顔を曇らせる。

ハルは、今いる通路の先にある、デパートの屋上神社を、ふと振り向いて、

「あの屋上神社は、もともと、このデパートの創業者の先祖が、当時の流行《はや》り神《がみ》を自分の家に勧請《かんじょう》して祀ったものだったらしい……。常芽神社も、もっとせっせと宣伝し

て勧請促してりゃ、今頃、あんなに寂れた神社になることもなかったかもなあ……。まあ、もっとも、もとは人ん家《ち》の茶を盗み飲んでた鬼の祀り神に、自分の神社を盛り立てていく気力なんて、あったかどうかはわからんが」

ハルの話を聞きながら、久路の頭には、あの神社で見た、もはやかすれて読めない古い看板のことが、ぼんやりと浮かんでいた。

西杜町で「置きっぱなしにしておいたお茶が、いつの間にか異様に減っている」なんて出来事が続いても、あの町では、その昔語られていたであろう、お茶好きの鬼の話など、もう思い出されもしない。寂れてしまった自分の神社。忘れられてしまった自身の存在。そのことに対して、当の祀り神自身は、どんな思いでいるのだろうか。

「まあ、落ち込んだか怒ったかどうかは知らんが」

と、ハルは、話を本題に戻す。

「ヤカンに詰められたコンクリを、茶好鬼さまも、どうにかしてほしいとは思ったんだろう。……その茶好鬼さまの望みを、おそらく、たまたま波長の合った人間が、感じ取ったんだ。そいつが実際に茶好鬼さまと会って話をしたのか、あるいは、夢枕《ゆめまくら》にでも立たれたのか、それとも他の方法で意思疎通したのか……そのへんのことはわからんが。とにかく、そいつは、茶好鬼さまの望みを叶えてやろうと考えた。そこで」

一つ、息継ぎをし。ハルは、そこから一息で言い切った。

「そいつは、ヤカンの上に物を吊るして、そこから垂れてくる雨の雫によって、ヤカンの中のコンクリに穴を開けようとしたんだ」

ハルの導き出した、その結論に。

途中まで納得して聞いていた久路は、思わず、ぽかんと口を開けた。

「あ……雨の雫で穴を開ける……って。……そんなことが」

「雨垂れ石を穿《うが》つ、って言葉があるだろう？」

「でも……だからといって」

「一体どこの誰が、そんな何百年、何千年掛かるか知れないような、まどろっこしい方法を考えて、実行するというの」

久路に続いて、招もやはりそう問うた。抑揚のないその口調は変わらないが、心なしか、その声は、あきれているように聞こえた。

けれども、それに対し、ハルは余裕の笑みでこう返す。

「そりゃあもちろん。ひどく物知らずで、無識無学で、論理的思考が苦手で浅はかな――まだ物事の分別がろくにつかない、幼い子どもさ」

そして、ハルは続けて滔々《とうとう》と述べる。

「蜘蛛の巣を集めるって行動からすると、普通に考えて、男の子だろうな。……いや。ペンダントの件を考えれば、女の子かもしれないが……。でも、ペンダントなら、男児用のデザインのものとかは、ありそうだしな。やっぱり、男の子かね。……まあ、どちらにせよだ。その子は、ことわざの本か何かで読んだのか。あるいは、誰か大人からそういう話を聞いたのか。それはわからんが、ともかくその『雨垂れ石を穿つ』という現象を知っていた。そして、その手段を用いて、ヤカンの中のコンクリートに穴を開け、またヤカンにお茶を入れられるようにしよう、と考えた――幼い子どもってのは、目的達成のために、信じられないほど非合理的な手段を取ることがあるし、大人じゃ思い付かないような発想を、しばしば見せたりするからな……」

そこまで言って、ハルは一つ息をつき。

それから、細めた目を、招に向けた。

「以上のことから、ヤカンの上に飴玉を吊るしたのは、人間の仕業だ。噂で語られるような『飴玉を産む蜘蛛』なんてものは、もともと存在しない。すなわち、その噂は、偽物だと考えられる。――どうだ、招」

それを聞いて。

招は、いくらかの沈黙のあと、ゆっくりと唇を開き、

「なるほどね」

と、口にした。

その台詞は、招が、ハルの話のすべてに納得できたということを。つまりは、招がこの噂の「語り替え」の要求を受け入れた、ということを、意味するものだった。

招は、さんぴん茶の缶を置いて腰を上げ、通路の端の、デパートの外壁の際《きわ》にある黒電話へと、歩み寄る。

雨除けのケースを開け、黒電話の受話器を取って。

招は、電話の向こうの誰かへ、噂を語り替えた物語を、語り始めた。

×

もしもし？　今、いいかな。時間ある？　……いや、別に。ちょっと、面白い話があるもんでね。聞いてほしいな、って思っただけ。

あのさあ。異角蛇ノ足の、西杜町ってとこに、縁結びの神社があるの、知ってる？うん、そう。常芽神社っていう、小さな神社。……ああ、まあね。うん。あそこは、茶好鬼さまって呼ばれる、お茶好きの鬼が祀られてる神社でさ。もともとは、茶屋の商売繁盛のご利益がある神社なんだけど。……ほら。昔はさ。出会い茶屋、とかいうの、あったじゃない？　あれも、一応、茶屋って付いてる店だから。そういう関係でさ、茶好鬼さまのご利益って、男女の色恋沙汰とか、そういうのも範疇《はんちゅう》に入ってるんだよね、実は。……ふふ、知らなかったでしょ。

ああ、それでね。あの神社に、縁結びのお参りをするときには、少し変わった作法があるんだ。――いや、難しいことじゃないよ。お賽銭とかを入れる代わりに、お茶と赤い飴玉を、一緒にお供えするだけ。……なんでかっていうと。

まず、お茶は、神社の祭神で、お茶が大好きな茶好鬼さまへのお供え物。で、赤い飴玉のほうは、何かっていうと。……こっちはね、蜘蛛が食べるんだ。茶好鬼さまが神社で飼ってる、茶好鬼さまの下僕《しもべ》の蜘蛛が、ね。

というのも、その蜘蛛は、男女の縁を結ぶ霊力《れいりょく》を持っててさ。赤い飴玉を食べることで、縁結びの赤い糸を紡《つむ》ぎ出すんだよ。だから、常芽神社へお参りに行って、お茶と赤い飴をお供えしてお祈りすると、茶好鬼さまに飴を与えられたその蜘蛛が、想《おも》い人《びと》との縁を取り成す赤い糸を、紡いで、結んでくれるんだ。

もし、常芽神社の木の枝とかに、蜘蛛の糸に包まれた、赤い飴玉がぶら下がっていたら。それは、蜘蛛がこれから食べようとして包んだ、お供えの飴だからね。その飴玉を食べて、蜘蛛は、縁結びの糸を紡ぐんだから。くれぐれも、勝手に取ったりしないように。願いの込められたその飴玉は、どうか、そっとしておいてあげてね……。

×

招の語りを聴き終えたハルは、ふうーっと長い溜め息をついた。その横顔に浮かぶ笑みには、久路がこれまでに見たことがないほどの、深い安堵が滲んでいた。

ハルは、久路を振り向いて、言った。

「よかったな、久路！　これで、もう大丈夫だ！」

その言葉で、久路は思い出す。そうだ。今回、ハルが自ら招に語り替えを頼み、この鑑定の場にやってきたのは、自分のことを助けるためだったのだ、と。おかげで、何も起こらないうちに、「人を捕らえてその血を吸い尽くす化け物蜘蛛」の噂は、語り替えられた。

「ありがとうございます……ハルさん」

「いやあ、よかったよかった。んじゃ、久路、帰ろーぜ。あ、家への土産に、アガラサーもう一回買いに行くから、ちょっと付き合ってな。っていうか、どうせだから、物産展じっくり見ていって……あ、そーだ。ついでだから、そのあとデパ地下も巡ってから帰るか！」

言いながら、ハルは荷物を持って立ち上がり、三人が食べたあとのゴミを回収する。久路も腰を上げ、二人は、通路の出口である三段の階段を、下りようとした。

そのとき。

「……物産展。……デパ地下巡り、かあ……」

後ろから、ぽつりと呟く、感情のない招の声が、そう聞こえた。

久路とハルは、一瞬の間を置いて、振り返る。

招は、まだ黒電話の前に立ちっぱなしでいたが、電話の受話器は下りていて、電話の相手にそれを言ったわけでは、なさそうだった。

「……なんだよ。……おまえも、一緒に来るか？」

足を止めて、ハルは、そのように声を掛けたが。

それに対して、招は、何一つ反応することはなかった。

ハルは怪訝そうに眉を寄せ、しかしすぐに、再び歩き出した。——ハルの指に結ばれた黒い糸が、ぴん、と張ったのだ。

糸に引かれ、階段を一段下りて。ハルは、そこでもう一度招を振り返り、

「このあと、夕方から、ここで夏祭りのイベントあるからよ……。夜店とか出るし、よけりゃ、おまえも見てったらどうだ？」

言いながら、残りの階段を下りて、通路下の地面に足を下ろす。

招からの言葉は、やはり、何も返ってはこなかった。

少し歩くと、招の姿は、すぐにデパートの建物の陰になって、見えなくなった。

糸に引かれるまま、ハルは、屋上の端を歩いていく。久路も、距離を置かず、そのあとに付いていく。

黒い糸は、デパートの屋内から伸びて、エレベーターの横にある階段の下へと、続いていた。殺風景な壁に囲まれたその階段を、ハルと久路は、ゆっくり下っていく。

まだ、終わりではないのだ。先ほどの鑑定が、成功したのか、失敗したのか。それは、この糸の先が見えるまで、わからない。

久路は、ポケットに手を入れ、その中にある糸切り鋏を、ケースからそっと抜いた。

一方、ハルは例によって、

「現代民話『飴玉を産む蜘蛛』の噂は、〈禁忌譚―するな型〉……。話の比重を考えれば、あるいは、これは化け物譚に分類しても……」

と。いつもであれば、ハルがそんな「民話の分類作業」を終える頃に、糸の先が何事もなく二人の前に現れて、噂の鑑定の成功を告げる。——のであるが。

今回は、違っていた。

一本の黒い糸が伸びる、ひと気のない下り階段。その行く手へ、絶えず視線を注いで下りていたハルと久路は、はっと同時に足を止め、息を呑んだ。

階段の、角ばった螺旋《らせん》の底のほうから。何者かが、現れたのである。

それは、天井まで届いてなお余る身の丈《たけ》の、人に似た形をした「何か」だった。

肌の色だけが異様に薄暗い、着古した和服を纏《まと》った、ざんばら髪の大男。その姿は、彩度と言おうか、色合いと言おうか。質感と言おうか、立体感と言おうか。そういったものが、なんだか、明らかに周囲と異なって、景色から浮いていて。それがこの世のものでないということが、一目見て感じ取れた。

ハルに結ばれた糸の先は、その大男の手に握られていた。

のっそり、のっそりと。足音もなく階段を上り、二人のほうへ近づいてきながら。

大男はその唇を、にやり、と開いた。

「声」は、久路には聞こえなかった。だが、もやもやとした奇妙な耳鳴りと共に、大男の唇が、ゆっくりと三文字の言葉を形作るのが、見えた。

——は、ず、れ。

それを見た久路は、瞬時に、ポケットから糸切り鋏を取り出した。

視線を滑らせ、横目でハルの挙動をうかがう。

ハルは足を止めたまま、大男に目を向けたままで、声だけは平静に、呟き続ける。

「……招が語り替えた話は、〈霊験譚《れいげんたん》―縁結び型〉――」

ハルが、それを言い終えるかどうか、というところで。

久路は一歩踏み出し、ハルと大男との間にある黒い糸に、手を伸ばした。それを摑んで、めいっぱい自分のほうへ引き寄せ、鋏を構える。

こちらを向いたハルと、視線がぶつかった。

ハルは、動かない。動く気配もなく、表情を変えることもなく。久路の行為を止めようとはせずに、ただ、じっと久路の目を見つめた。

――なんだ。と、久路は、少し意外に思った。

ハルさんなら、あるいは。こういうとき、己の身を挺《てい》してでも他人を守ろうとしてしまうのではないかと、不安だったのだけれど。心配することはなかった。

噂の鑑定に赴《おもむ》こうとするたびに。もしものときは自分が身代わりになる、と。繰り返しハルに告げていた、その甲斐《かい》があっただろうか。何度も何度もそう言われ続ければ、「万一のときは身代わりが存在する」という安心感が、ハル自身も気づかぬうちに意識の底に刷り込まれ、いざとなったら、その身代わりを利用しようという気になってくれるかも、という。その狙いが、成功してくれただろうか。

ハルのことだから、この一瞬後には、我に返って「身代わり」を助けようとするかもしれない。でも、ほんの瞬間、迷ってくれればそれでいいのだ。その隙を突いて、この黒い糸は、自分が引き受ける。そして、何があっても、絶対に手放さない。

噂の真偽を見誤ったとき、ハルは、ハルでいられなくなる。その条件を受け入れて鑑定に臨《のぞ》んだのは、ハルの意志だ。だけど、そんなこと、あってはならない。まして、自分なんかを助けるために、ハルのような人が、犠牲になるだなんてことは。

ハルは、自分と違って、己の居場所に執着できる人だ。逃《のが》れようのないその居場所でも、愛し、守ろうと思うことのできる人だ。それなら、ハルはハルとして、「ここ」に居なければならない。ハルという人間は、「ここ」に残らなければいけない。

自分には、そこまでの思いはないから。自分が自分でなくなって、今、かろうじてある居場所を、この自分という人間ごと失ったところで――構いはしない。

久路は、摑んだ糸に鋏をあてがい、しょき、と、その上下の刃を擦り合わせた。

黒い糸は、なんの変哲もないただの糸のように、いとも容易く鋏で切れた。

ハルから断たれた、その糸の端を。久路は、すかさず握りしめる。

と。次の瞬間。

久路の目の前で、ハルの手が、空を切った。

ハルの手にあるものが、刹那《せつな》、照明を反射してちかりと光り、それと同時に、久路の手の中に握った糸の手応えが、ふつり、と消《き》え失《う》せた。

久路は、目を見開く。

ハルの手には、いつの間にか、一本の剃刀《かみそり》が握られていた。

再び宙に浮いた黒い糸の端を、ハルは、久路より先に自ら摑み、

「甘いな、久路。俺を出し抜こうなんざ、百年早《はえ》ーんだよ」

と、久路に笑み掛けた。

ハルは、剃刀と黒い糸を口にくわえ、すばやく久路の背後へ回り込むと、呆気《あっけ》に取られている久路の両手首を捕らえて、その体を後ろから壁に押し付け、動きを封じた。

黒い糸を持った大男は、すでに、二人のすぐそばまで迫っていた。

ハルと久路は、息を詰めて、それを見つめる。

ハルの力は強く、両手を摑まれた久路は、動くことができなかった。

大男は、大きな一歩で、四、五段ずつほど階段を上り、二人に近づいてくる。

そうして、とうとう、それは二人の真横までたどり着いた。

久路の耳に、また先ほどの、もやもやした耳鳴りが聞こえた。大男が、何やら言っている。耳鳴りの中に、時おり、人の言葉が聞き取れるような気もしたが、何を言っているのかは、久路にはわからなかった。

不意に。大男は、黒い糸の端を摑む手を、天井の間近まで掲げた。

かと思うと、握っていたその指を、はらりとほどく。黒い糸は、宙に浮いた。

そのとき、久路は気が付いた。この大男の手には——見覚えがある。

あそこで見たのと、同じ手だ。常芽神社で、巨大な化け物蜘蛛の脚を摑んでいた、あの、大きな手と。

のそり、と。大男の、大きな一歩が、また動いた。

大男は、そのまま、何をするでもなく。黒い糸をほうって、ハルと久路の横を、ただ通り過ぎていった。

「………」

久路は、声を出すことができず、階段を上っていく大男の背中を見つめていた。

やがて、階段を上り切った大男の姿が、壁の陰に隠れ、完全に見えなくなってから。

久路の手首を摑んでいたハルの指の感触が、緩んで、離れた。

ハルの体が、ゆっくりと、その場に崩れた。

剃刀がハルの口から滑り落ち、床にぶつかって、カツン、と音を立てる。

その音で、我に返るや否や。久路は、慌てて身をかがめ、ハルの肩を支えながら、うつむいているその顔を覗き込んだ。

「……ハルさん？」

久路が呼び掛けると。

ハルは、二、三度、ぎこちなく唇を動かして。それから、重たげな息にかすれた声を、小さく漏らした。

「……通り過ぎざま。……あいつに、言われた」

あいつ。——糸の先を持っていた、あの大男。

大男が横を通り過ぎたとき、久路の耳には、もやもやとした耳鳴りのように聞こえた、あの声。あれが、ハルにはちゃんと、言葉として聞き取れていたのか。——あれは、ハルに向けられた言葉だったのか。

「あいつは……」

と。息を殺して待つ久路に、首をうつむけたまま、ハルは続きを口にする。

「あいつは……。俺が、鑑定で言ったことは……。間違い、だったと」

それを聞いた瞬間。久路の心臓が、胸の内から剝がれ落ちそうになるくらい、激しく縮《ちぢ》み上がった。

ハルの肩に掛けた久路の手が、大きく吸った息と共に、押し上げられた。

その肩が、そのまま、動きを止める。

寸刻の間があったのち。

ハルは、吸い込んだ息を、深い溜め息にして吐き出した。

「飴玉を吊るしたのは、男の子じゃなくて、女の子だ——とさ」

そう言って、ハルは顔を上げ、力なく笑った。

その顔は、間違いなく、久路の知っているハル、その人のものだった。それ以外の何者でも、ありはしなかった。

全身の力が抜けて、久路は、その場に膝を突いた。

「……ハルさん」

久路は、床に落ちたハルの手に、ゆっくりと自分の手を伸ばし、確かめるように、その手を握った。

ハルは、血の気の失せた冷たい指で、それでも、しっかりと久路の手を握り返した。

「なあ、久路。……おまえは、俺の身代わりになろうなんて、考えることねえんだよ。……そんなことは、俺が、絶対にさせねえし。……それに」

久路の目を見つめて、少し、途切れ途切れになりながらも、ハルは続ける。

「招の言うように、たとえ、鑑定に失敗して、自分を失うことになったとしても……。俺は、どうにかして、自分を取り戻す。……もう一度、自分に戻ってくる……つもりでいる」

だからさ、と。ハルは、握り合ったその手を、掲げるように、顔の前に持ち上げた。

「おまえが、鑑定の場に、居合わせてくれて。……それで。もしものことがあったときにも、こうして、俺のこと、繋ぎ止めようとしてくれたら。——それだけで、俺は、だいぶ心強い」

そして。ハルは、いつもの顔で、ニッと笑った。

見慣れたその笑みを、久路は、目を細めて見つめ返した。

その直後。

ハルは、久路と手を繋いだまま立ち上がり、

「よおっしゃあ！　そんじゃ、このあとは物産展、そしてデパ地下だあああ！」

と、まったく常日頃のハルらしく、活《い》き活《い》きとした声を階段の通路に響かせた。

事務所に帰ってくると、例によって、留守電に招からのメッセージが入っていた。

今回は、お茶がぬるかったことへの駄目出《だめだ》しだろうかと、久路は予想する。

が、実際に入っていたのは、次のようなメッセージだった。

『物産展とデパ地下巡りは、楽しかった？』

いつもと変わらない、感情の感じられない、淡々とした招の声。けれど、なんとなく嫌味を含めたような物言いだ。

「なんだ？　あいつ……。付いてきたけりゃ、付いてくりゃよかったのに……」

戸惑った顔で、ハルは電話機を見下ろしてそう呟き、それから、何か考えるように黙り込んだ。

久路もまた、招のことへ、思いを馳《は》せる。

佐倉辺デパートで買い物をしたあと、夕方になってから再び屋上へ行ってみたが、夏祭りが行われている屋上の、どこを捜しても、招の姿は見つからなかった。招が掛けていた黒電話も、いつもどおり、電話台や雨除けのケースごと、跡形もなく消えてなくなっていた。

自分たちが招と会うのは、噂の鑑定の場でだけだ。それ以外のとき、招は、一体どこで、どうしているのか。招が、呼び出したその場所にやってくるところ、その場所から立ち去るところすらも、自分たちは、ただの一度も見たことがない。

「――まあ、いいや。とりあえず、今回の民話、まとめておくか」

そう言って、黒電話の前から離れたハルは、自分の事務机に向かった。

お世辞にも片づいているとは言えないハルの机。その前に腰を落ち着けて、ハルはパソコンを立ち上げた。ワープロソフトを使い、今日招が語った噂話を、最後に語り替えたものまで含めて、記憶を頼りに文章に起こしていくのだ。

ハルがその作業をしている間、久路は、いつものように掃除でもしているつもりでいたのだが。ふと、なんとはなしに、これまで招が語った噂話を読み返したくなって、本棚に歩み寄った。

郷祭事務所の事務室の本棚には、異角で収集した噂――現代民話をまとめたファイルが、何十冊もある。通常の仕事で集めた民話は青いファイルに。そして、「鑑定」の場で収集した民話は、青いファイルにも収めた上で、ハルがそれとはまた別に、学校の先生が使う出席簿《しゅっせきぼ》のような、レトロな黒い紐綴《ひもと》じのファイルに保存していた。

並んだ黒いファイルの、右端の一冊を、久路は手に取る。ファイルは、この事務所の慣例《かんれい》に従い季節ごとに分けられているので、いちばん新しいその黒いファイルには、この夏に「鑑定」で聴いた現代民話が収められている。

ファイルを開くと、古い印刷機でプリントアウトされた、ところどころかすれたインクの文字が、いくつかの現代民話のタイトルを綴《つづ》っていた。

用紙をめくって、久路は、民話の本文が書かれたページを読む。

最初に出てきたのは、この間の『転ばせ月峠』の話をまとめたページ。そこには、本文の下の余白に、ハルの手書きの文字で「峠のふもとに至急祠を」とか、「その後、夏休みに入って、学生たちの気軽な肝試しスポットに」とか書かれていた。

それを読みながら、今回『飴玉を産む蜘蛛』の噂が語り替えられ、『縁結びの蜘蛛がいる神社』の噂がこれから広まるであろう常芽神社は、どういうことになるのだろうなと、久路は想像する。きっと、この先あの神社には、赤い飴と、大きな鬼の好物であるお茶とが、たくさんお供えされるようになるんじゃないだろうか……。

と、そのとき。ハルが、不意に声を掛けた。

「――おい。おまえ、四つ子の十字路には、あれから行ったりしてねえだろうな」

そう問われ、久路は、ちょっとぎくりとする。

南間日笠の、あの十字路には、行ってはいない。本当に、行ってはいないが。でも、このファイルに収められている民話の中で、その話が、いっとう久路の好みではあった。そこのところを、ハルはお見通しだ。

「大丈夫ですよ。……もし、向こうに迷い込んだとしても、すぐ、帰ってきますから」

顔をしかめてこちらを睨むハルに、にこりと笑って、久路は、そう告げた。

＋　＋

幼い少女は、お気に入りのイチゴ飴を、ころころと口の中で転がしながら、物思いにふけっていた。

つい先日、少女の身には、ある重大な出来事が起こっていた。

少女は、気づいてしまったのだ。

サンタクロースは、本当は実在しないのではないか、と。

それは、誰に教えられたわけでもなく、少女の内側から、自然に湧いて出てきた考えだった。

最近、なんだか、そんなことが多くなってきた気がする。仲の良かった祖母が死んで。祖母は、死んでも会いに来るからね、と、いつも言っていたのに。その幽霊が、待てども待てども現れないことにがっかりした、そのときから、特にだろうか。

少女の世界には、少し前まで、本物のサンタクロースがいた。コビトもいた。妖精もいた。当たり前のように、それらを信じていた。けれど、そんな世界観、価値観は、このところ、日を重ねるごとに塗り替えられていくようだった。他の誰でもない、少女自身の意識によって。そのことに、少女は、漠然とした寂しさを覚えていた。

ふと、神社で一度だけ見かけた、あの大きな「鬼」のことを、少女は思い出した。角とか牙《きば》とかは、生えていなかったけど。祖母が、あの神社へ散歩に行くたび、お茶好きの鬼の話をしてくれたから。ヤカンを前にして、何か困った様子の、人間とは思えない姿の大男が。きっと、あのお話に出てくる鬼なんだろうな、と、少女には、見た瞬間にぴんときたのだ。

鬼がいなくなってから、少女がヤカンの中を覗いてみると。ヤカンには、コンクリートがいっぱいに詰め込まれているではないか。それを見て、少女は、鬼が何を困っていたのか知った。

コンクリートは硬くて、ちょっと石を打ち付けたくらいでは、びくともしなかった。そのとき、少女の頭に、祖母の教えてくれたことが浮かんだ。祖母は言っていた。雨の雫でも、長い時間を掛ければ、石に穴を開けることができるのだと。

これは使えるのではないか、と思って。少女はそれから、ヤカンの上にいろんなものを吊り下げて。雨が降ったら、神社にヤカンの蓋を開けに行って。ヤカンの中のコンクリートに、なるべくたくさんの雫を垂らそうとした。時間はすごく掛かるだろうけど。でも、鬼はたぶん長生きだし、大丈夫だろうと考えた。

けれど、今にして思うと。やっぱり、あんな方法じゃ、ダメな気がする。

何回目かの飴玉を、あそこに吊るしに行ったのは、何週間前のことだろう。それからずっと、少女は、あの神社を訪れていなかった。

少女は溜め息をつく。

そもそも、神社で見たと思った、あの、大男の鬼だって。あれは、本当に現実のことだっただろうか？　見間違いや、勘違いではなかっただろうか？　夢を見て、その記憶を、現実にあったことと思い込んでいるだけではないだろうか？

ああ――。なんだか、つまらない。

少女は、空になった飴の袋を手に取って、縁《ふち》のギザギザを摘まんで、その袋の端を細く引き裂いた。残った部分も、同じように次々と引き裂いていって、袋が細切れになる頃には、口の中の飴玉は、すっかり溶けてなくなっていた。

しばらく弄《もてあそ》んだ飴の袋を、少女は、硬く小さく丸めて、ゴミ箱に投げ捨てた。

と、そのとき。

突然、がらりと窓の開く音がして、窓の下で、ばらばらと、何かが床に散らばった。

少女は、驚いてそちらを振り返る。部屋は、窓を閉め切ってクーラーを掛けており、陽除けのためにカーテンも閉めていたので、窓がどうなっているかはわからなかった。

ただ、外の蒸し暑い空気が、一瞬、部屋の中に混ざり込んだようにも感じられた。

そして、窓の下の床を見ると、そこには確かに、何かが落ちている。

少女は、窓辺に近づいて確かめた。

床に落ちていたのは、たくさんの飴玉だった。個包装の袋に入った飴。キャンディ包みの飴。何にも包まれていない、剥き出しのドロップ。いくつもの種類の飴玉が、混ぜこぜになって落ちていた。でも、それらの個包装の袋や、包み紙や、飴玉そのものの色は、なぜだか、ぜんぶ似たような色だった。

その中に、いつも食べているお気に入りの飴と同じものを見つけ、少女は、それを拾い上げた。

この飴は、さっき音がしたときに、窓から投げ込まれたんだろうか？

でも――この部屋は、二階なのに。

少女はカーテンをめくってみたが、窓は、今はちゃんと閉まっていた。窓の外に、変わった様子も何もなかった。

もし誰かが、この窓を外から開けて、飴を投げ込んだのだとしたら。そんなことができるのは、よっぽど大きな背の高い人だろう。……それって、もしかして。

拾い上げた一粒の飴の袋を破いて、それを口に入れながら。

少女は、祖母がいつか言っていたことを、思い出した。

――異角はね、不思議な噂の多い土地なんだよ。カタリベさんが悪さをするから、いろいろと、恐ろしいことも起こるけどね。でも、あんたはきっと、おばあちゃんと同じ。きっと、この異角って土地を、好きになるだろうよ――。

記憶の中のその言葉に。

赤い飴玉を舐《な》めながら、少女は、微笑んでうなずいた。

# 第四話　散歩中毒者は辻占に興ず

「やあ。よく来たね」

洋服のフードを目深に被ったその男は、晴生たちのほうを振り向きもせず、一言、そう言った。無感情なその声は、確かに、電話で何度も聞いたことのある「黒電話のカタリベ」の声に違いなかった。

商店街の裏通りにある、もうずいぶん前に潰れてしまった、小さな地下劇場《げきじょう》。呼び出されたこの場所は、ずっと探し続けてきた目の前の人物と、こうしてとうとう対峙《たいじ》することになった舞台としては、なかなか雰囲気のある空間だと、晴生は思った。

廃劇場ではあるが、幸い、まだ電気は生きているらしい。いくつかのスポットライトが空っぽのステージの上を照らしていた。カタリベは、そのステージのほうを向いて、一人で椅子に座っていた。

足跡が付くくらいに埃《ほこり》の積もった床を、段差に注意しつつ、晴生は進む。そして、椅子を一つ挟んで、カタリベの座る正面に、自分も腰を下ろした。ここにある三十足らずの座席は、すべて背もたれのない臙脂《えんじ》色《いろ》の丸椅子で、前も後ろもないものだった。

「はじめまして。——ようやく会えたな、カタリベさん」

精一杯笑顔を作って、晴生は男に言った。それは、腹の中に抱くこの男への敵意とは、まったく裏腹な態度だった。

そのことを、察しているのかいないのか。カタリベは、ただただ口元に薄い笑みを浮かべて、人形のように微動だにしない。

「こんにちは。——招さん」

と。晴生の隣に座った少女もまた、穏《おだ》やかな声で挨拶した。

自分と同じように、椅子に積もった埃をものともせず腰掛けてしまった、その少女を振り向いて、晴生は問う。

「招？　こいつの名前、招っていうのか？」

「さあ。お名前は知りませんが。……電話の向こうで、『おいで』と言っていたので」

「ああ……なるほどな」

晴生はうなずいた。招、か。「カタリベ」よりは、呼びやすくていいかもしれない。

カタリベ本人も、その呼び名に対して、特に抗議したそうな様子はないし。自分も、これからはその呼び名を使わせてもらおう。

そう思いながら、晴生は男のほうに向き直り、あらためてその姿を眺めた。

今まで、いくら探しても探しても、調べても調べても、ようとして居所の知れなかった、黒電話のカタリベ。その正体が、目の前にいる、この男——……いや。正体、といっても、自分はまだ、この男の素性について、なんの情報を得たわけでもない。今の時点でわかっているのは、ただ、この人物の姿だけだ。その姿にしたって、この薄暗い客席では判然としない。背格好からして、少なくとも、子どもや老人でないことは確かだろうが。身長は、自分と変わらないくらいか。歳は、同年代かもしれないし、あるいはもっと年上でもおかしくない。——男はフードを目深に被っているので、顔もはっきりとは見えないのだ。

「なあ、招さん。人と話するときは、ちゃんと、顔見せて話しちゃどうだ？」

晴生は、男の目元に被さるフードへと、手を伸ばした。そして、不行儀《ふぎょうぎ》な行為であるのは承知の上で、そのフードに指を掛け、少し、持ち上げてみた。

その途端、晴生は、ぎょっとして思わず手を引いた。フードの下から出てきたのは、男の目ではなく、目隠しの布だったのだ。しかもその布には、三日月を伏せたような形の笑った目が二つ、描かれていたのである。それは、瞳もない輪郭だけの目で、子どもが落書きしたかのような、いくらか歪《いびつ》な線の絵であった。

フードをめくられても、男は身じろぎ一つせず、依然として、感情の見えない薄い笑みを、その口元に浮かべ続けている。先ほどから、表情も、姿勢も、まったく変わることがない。呼吸や鼓動すら、していないのではないかと思うほどだ。

それにしても、フードだけでなく、その下に目隠しまでして顔を隠しているのは、なんのためなのだろう。人に顔を知られたくないのだろうか。それとも、他に何か意味があるのか——。

そんなことを、晴生が考えていると。

不意に、男——招は、物も言わず椅子から立ち上がった。

唇以外を初めて動かした招は、その足で、階段状の客席をゆっくりと下りていき、そのままさらに進んで、ステージへと上がった。晴生は訝しく思いつつ、黙ってその動向を見つめる。招は、ステージを照らすスポットライトの明かりの中に立ち、閉ざされた幕の合わせ目に手を入れて、幕の裏側から何かを摑んで引き出した。それは、一本の黒い糸だった。糸を持ったまま、招は客席に戻ってきた。

ステージの幕の裏から、途切れることなく伸びる糸を、晴生は目でたどる。

その視線が、再び椅子に腰を下ろした招の手元に行き着いたとき、招は言った。

「君が望むなら、これからここで、『噂の鑑定』を始めよう。ただし、噂の鑑定者は、鑑定を始める前に、その身にこの糸を結び付ける必要がある。この糸を結べば、鑑定が終わるまで、鑑定者はここから動けない。――それでもいいかい」

「えっ……？　あ、ああ……」

戸惑いながら、晴生は答えた。

黒電話のカタリべが、「本物」の噂を語り替えないこと。噂の語り替えを要求するのであれば、その噂の真偽を鑑定し、噂が「偽物」であるとカタリべに認めさせる必要があること。しかし、カタリべは、電話を通してでは噂の鑑定に応じてくれないこと――は、知っていたが。こんな、黒い糸の話なんて、聞いていない。

鑑定者に、糸を結び付ける？　いったい、なんのために？

「もし――鑑定者が噂の真偽を見誤って、俺に『本物』の噂を語り替えさせてしまったら。そのときは、その鑑定者は、もはや己自身ではいられなくなるだろう」

まだ口に出していない疑問に答えるかのように、招はそう続けた。

それを聞いて、晴生は、なんとなく合点《がてん》した。「失敗に伴う喪失」と「成功に伴う報酬」という組み合わせは、なるほど、民話でも、他のあらゆる物語でもよくある話だ。そして、鑑定者にこの糸を結ぶ必要があったから、それができない電話口での鑑定に、カタリべは応じようとしなかったというわけか。

「……鑑定に失敗したとき、己自身でいられなくなるってのは、どういう意味だ？」

カタリベに本物の噂を語り替えさせる、という禁忌《タブー》を犯したとき、鑑定者の身に何が起こるのか。いまいちよくわからないそこのところを、晴生は尋ねてみた。

しかし、招はただ一言、「言葉どおりの意味だよ」と答えただけだった。

招の手にある黒い糸を見下ろし、まあいい、と、晴生は思う。このたびの噂の鑑定には、とりわけ自信がある。失敗することはまずないだろう。それに、失敗したとしても、招の口ぶりからして、命まで取られるわけではなさそうだ……たぶん。

それならば。命以外のものであれば、たとえそれを一度は失おうとも、あとでどうとでもして、取り戻してみせる。

「わかった」

と、晴生はうなずいた。どの道、ここまで来て、今さら逃げる気はない。

「俺が鑑定者だ。その糸は、俺に結んでくれ」

そう告げて、晴生は、少し迷ってから、利き手でない左手を招のほうへ差し出した。

その指に、招が黒い糸を掛ける。

ゆっくりと糸を巻かれながら、晴生は、ちらと隣に座る少女を見た。

少女は、心配そうな顔で、晴生の指に巻き付いていく糸を見つめていた。

ふと、顔を上げた少女と、目が合って。晴生は、心配すんなと少女に笑い掛けた。

今日、ここに来ることができたのは。今まで、いくら探しても調べてもわからなかったカタリベの居所を、こうして知ることができたのは。

それは、数日前に知り合った、この少女のおかげだった。

＋　＋

少女と出会ったその日は、桜祭りの翌日だった。

異角有数の桜の名所である山寺で、毎年恒例の祭が、今年も盛大に行われて。晴生は昨日《きのう》からその寺に泊まり込みで、祭の後片付けを手伝っていたのである。

住職の家族とその親戚《しんせき》、郷祭組合の面々に、その他の祭の関係者。皆で早起きして取り掛かったものの、後片付けには、午前中いっぱいを費やした。そのあと、寺からねぎらいの昼食をいただいて、晴生はようやく、事務所と自宅のある央辻町へと、戻ってきたところだった。

祭会場となった山寺で、今を盛りと咲き誇る桜の花は、飽きるほど見たけれど。

その春、晴生にとって、より強く、深く印象に残ったのは、寺からの帰り道で眺めた、中学校の校庭の桜だった。去年卒業した中学校。あの卒業式から、もう一年経ったのかと、校門の前で立ち止まり、晴生は、軽く感慨にふけった。

中学卒業後、すぐに郷祭事務所に就職して。早々に学生時代というものを終わらせてしまい、それまでの生活が、がらりと様変わりしたためか。級友たちと共に学校に通っていた日々なんて、なんだか、もう何年も昔のことのように感じられた。

校庭のグラウンドには、桜の花びらが、すでに薄く積もり始めていた。

このぶんだと、今年は、入学式まで花は保《も》ちそうにない。今年の異角の桜の盛りは、卒業式に重なったようだ。そういえば、去年もそうだった。自分の卒業写真でも、重たい色の制服に身を包んだ生徒たちの後ろで、桜の花が眩《まぶ》しいくらいに咲いていた。

こういう年には、新入生は、集合写真だけでも繰り上げして撮影《さつえい》できればいいのにな、などと、舞《ま》い散る花びらを眺めて晴生は思った。

「ここのやつは、今日あたりがまさに見頃だな。……これで天気さえ良けりゃ、絶好の集合写真日和《びより》なんだが」

呟いて、晴生は空を見上げた。この日、うららかな春の陽射しは、午前中でいったん品切れとなっていた。しばらくすれば、また晴れ間は戻ってくるかもしれなかったが、分厚く立ち込める灰色《はいいろ》の雲は、このまま雨を落とさず通り過ぎてくれるようには、とうてい見えない代物《しろもの》だった。

これが昨日の天気でなくてよかった、と。晴天の下で行われた桜祭りの無事を噛み締めつつ、晴生は校門の前を離れた。傘を持っていない心もとなさから、再び帰路を辿り始めたその歩みは、知らず知らず、先ほどよりも急ぎ足になっていた。

そんな、道中でのことだった。

あまり道幅の広くない、住宅街。その中の、角地にたまたま高い塀を持つ家が集まった、そこだけやたらと見晴らしの悪い四つ辻。そこを通り過ぎようとしたとき。晴生は、思いもよらぬ光景を目にして、足を止めた。

道端に、「人」が横たわっていたのだ。

その人は、道の端っこで、通行人に背を向けるような恰好で寝転がっており、顔をうつ伏せた状態で動かずにいた。

そして、その人。道路に体を横たえているのは、確かなのだが。それは、倒れているのか、眠っているのか、判断に迷う姿であった。その人は、道路にレジャーシートを敷いて、その上に横になっていたからだ。

晴生は、そろりとその人に歩み寄った。

すると、苦しげな息遣いが、かすかに聞こえた。ああ、やっぱり、これは眠っているんじゃなく、倒れているのかと。それを確信すると同時に、晴生は、飛び込むようにその人のそばにしゃがみ込んだ。

「おい、あんた……大丈夫か？」

晴生が声を掛けると、倒れているらしきその人は、寝転んだまま、頭だけを重たげにこちらへ向けた。

一体、どんなやつなのかと思ったら。

振り向いたその顔は、中学生か高校生くらいに見える、少女であった。

少女の顔色は、血の気が失せていて、やはりひどく具合が悪そうだった。それだけなら、すぐに救急車を呼ぼうか尋ねるなり、助け起こすなりなんなりするところだ。けれど、そこに首尾良く敷いてあるレジャーシート。それをどう解釈すべきか混乱して、晴生は、少女への対応を迷った。

「えーと……あの」

口ごもる晴生を、少女は無言で、ぼんやりと見つめる。

その瞳を見返しながら、晴生は、とりあえず少女に尋ねてみた。

「花見帰りに、行き倒れか？」

この時期、花見に足を運ぶ人は、当然多い。この少女が、花見に行ってきたところ、あるいはこれから行くところであれば、レジャーシートなどを持参していても不思議ではない。花見からの帰り道で、急に気分が悪くなって、立っても座ってもいられない状態に陥ったため、思わず持っていたレジャーシートを敷いて、その場に横になったとすれば……。

ただ、それにしては。目の前の少女の服や持ち物が、あまり花見らしからぬものであったのが、気になった。

さっき、「えーと」と少女の顔から目をそらしたとき。そのわずかな間に、晴生はそれとなく、ざっと彼女の外身《そとみ》を観察していた。

少女の服装は、柄入りのトレーナーにジーンズといった、まあ、ごく普通の格好ではあったが、それらはどちらも着古されたもののようで、プリントがところどころ剝げていたり、ひどく色褪せたりしたものだった。味があるだとか、そういう古さではなくて、たとえ古着屋なんかに売っていたとしても、若い女の子が好んで買うような服には思えない。それに、サイズもこの少女には合っておらず、全体的にだぶついている。なんと言おうか、他の人の――デザインからいって、もっと年配の女性の服を、お下がりで貰うか、借りるかして着ているような。そんな感じの服装だった。

そこへ、さらに違和感を加えているのが、靴と鞄である。少女の履いている靴は、学生が制服に合わせて履くようなローファーで、傍らにある鞄は、青いナイロン布地のスクールバッグだった。私服なのに、なぜ、靴と鞄だけこんなものを。それに、ローファーのほうは、ありえないくらい擦り減ってボロボロになっているが、これも、お下がりか何かなのだろうか。

とにかく、それは、花見を想定した装いには、どうにも見えなかった。いや、こういう格好で花見に行くやつがいたって、別にいいのだけど。それにしても……。

いろいろと、疑問はあった。しかし、ともあれ。晴生の「行き倒れか？」という問いに対し、その少女は、

「ええ、軽く」

と、薄っすら笑みを浮かべて、そう答えた。

その反応を、ちょっと意外に思いつつ、あきれた顔を見せて、晴生は言った。

「そんな真っ青な顔色して、余裕じゃねーか。……軽い行き倒れって言われてもな。それって、発見者はどうすりゃいーんだ。救急車なんかは、必要か？」

「いいえ、お構いなく。……長く歩いて、少し、気分が悪くなっただけですから。しばらくこうして休んでいれば、また、歩けるようになりますので」

受け答えをする少女の、その態度や声は、まったくもって落ち着いたものだった。

けれども、蒼白《そうはく》の顔に似合わぬ穏やかな微笑に、晴生は、なんとなく不穏《ふおん》なものを

感じた。

「なんか……ずいぶん、慣れてんな？　よくあることなのか？　こういうの」

「ええ、まあ。だから、ほら。私、散歩のときは、いつもこうして、レジャーシートを持ち歩くようにしてるんです」

少女のその言葉に。晴生は、一瞬、絶句しかけた。

「へえ、そーなんだ」

と、晴生はとっさに笑顔を作って、そんな当たり障りのない相槌を返す。

そうしながら、内心では、おいおい……と動揺の汗を垂らしていた。

この少女にとって、体調を崩して行き倒れになるのは、よくあること。そのため、いつでも道端に横になれるよう、常にレジャーシートを持ち歩いている。——それって、尋常ではないような気がするのだが。

人より体が弱いとかで、長く歩くだけでも倒れる可能性が高いと、わかっているのであれば。普通、取るべき対策って、レジャーシートとか、そういうことではないだろう。移動のときは、家族に車で送り迎えしてもらうとか。でなければ、電車やバス、タクシーなんかを利用するとか。身の安全を考えれば、そういう手段が適切なはずだ。

なのに、どうして、この少女は。

もしかして、バス代にも困るくらい、家計が困窮《こんきゅう》しているのだろうか。それなら、着ている服が着古したお下がりのようだったり、スクールバッグを通学以外で使っていたりと、衣類や持ち物に金を掛けていない様子であることにも、説明が付く。

……いや、待て。さっき、この子は、「散歩」って言わなかったか？

「そこまでして歩くって、すげー根性だな」

内心で考えていることを悟られないよう、明るく笑って、晴生は尋ねた。

それに応えて、少女も、にこりと笑みを返す。

「ええ、もう、散歩中毒なんです」

それを聞いた晴生は、いよいよ笑顔をこわばらせないよう、必死に耐えた。

やっぱり、聞き間違いではなかった。この少女は、「移動」ではなく「散歩」していたのだ。長く歩けば、今のように倒れることがあると。自身の体が、それだけ脆《ぜい》弱《じゃく》だと、わかった上で。

本当に、散歩が好きで好きでたまらなくて、倒れてもいいから歩き回りたいというのなら。それだったら、本人の意思を尊重して、ある程度は好きにさせるのもいいかもしれない。

だけど、この少女の場合は、なんだか――。

異様なほど擦り減った少女の靴。それを見て、晴生の中で、ざわざわと、胸騒《むなさわ》ぎが大きくなる。

そのときであった。

ぽつり、と頬に雨粒が落ちて、晴生はハッと顔を上げた。

「やべっ……降り出したか」

晴生は、慌ててもう一度、少女を見下ろした。

依然として起き上がる気配を見せない少女に、晴生は一応、尋ねてみる。

「あんた、具合はどうだ？　まだ、動けそうにねえか？」

「ええ……まだ、ちょっと」

「そうか。んじゃ」

うなずくが早いか、晴生は少女の体を抱き起こし、ひょいっと肩に担ぎ上げた。

仕事柄、祭の場やイベントの打ち上げなどで、酒を飲んで酔い潰れた人間を運ばなければならない、ということは頻繁にあるのだ。そのおかげで、動けない人の体を起こして担いで立ち上がる、という一連の動作は、晴生にとって手慣れたものであった。

「え……？　あ、あのっ……！」

あっという間に、その足先を地面から浮かせられて。少女は、先ほどまでとは違う、ひどくうろたえた声を出した。

「あの。すみません、ちょっと」

「ああ、心配すんな。近くにある商店街まで運んでくだけだ。あそこなら、アーケードもベンチもあるからな。雨宿りにゃもってこいだろ」

「いえ、でも……。そんな。そこまでしていただかなくたって」

「いーからいーから、遠慮すんなって。あんた、人より体力ないならさ、あるところから借りればいーんだよ。俺、見た目よりずっと体力あるって、よく言われるんだ」

「でも……あの」

少女の声は、だんだんと、また落ち着きを取り戻してきていた。けれども少女は、晴生の言うことに対し、決して首を縦《たて》に振ろうとはしなかった。

「私、大丈夫ですから。やっぱりたぶん、もう、歩けます。……すみません。本当に、どうかもう、お構いなく」

少女の口調は柔らかだったが、そこには、言い知れぬ強い拒絶——威圧、といっていいほどのものが感じ取れた。

初対面の男に担ぎ上げられるのは、よっぽど嫌《いや》だったんだろうか。不快な思いをさせてしまったのなら、悪いことをした。そう思い、晴生は「すまん」と謝《あやま》りながら、仕方なく元通り、少女をレジャーシートの上に下ろした。

ぽつ、ぽつ、と、先ほどから、雨はまばらに落ちてきている。アスファルトに滲む黒い染みは、刻一刻と、その密度を増していく。このぶんだと、いつ本降りになってもおかしくない。

晴生は、少女を見た。

少女は、立ち上がりはしたものの、半分塀にもたれるようにして、なんとか体を支えている状態だった。まだ歩けるようには見えないし、たとえ歩けたとしても、屋根のあるところに避難するまでには、かなりの時間が掛かりそうであった。

さて、どうしたものだろうか。

少し考えてから、晴生は「そうだ」と手を打って、少女に言った。

「あのさ。俺、仕事場が、こっからすぐ近くにあるんだよ。今からひとっ走り行って、そこから傘取ってくるから。あんた、ちょっとの間、ここで待っててくれるか」

「えっ？」

「あ、そのレジャーシートでも被ってろよ。とりあえず、それで雨、凌《しの》いでな」

すぐ戻ってくるから！　と言い置いて。晴生は少女に背を向け、走り出した。

しかし、その瞬間。背後から、少女が大声で叫んだ。

「あのっ……！　カノウ四丁目って、ここから、どう行けばいいんでしょうか！」

「……何っ⁉」

晴生は、思わず足を止めて、勢いよく少女を振り返った。

その反応は、少女にとっても意外だったようで、少女は晴生を見つめ、不思議そうに目を丸くした。

「え……？　ど、どうかしました？　カノウ四丁目の場所……ご存じなんですか？」

「ん。あ、いや。えっと」

戸惑う少女の顔を見て、晴生は頭を掻いた。我ながら大げさな反応をしてしまったものだと、少々恥ずかしくなる。

だが、この少女に「カノウ四丁目」の場所を尋ねられたことは、このときの晴生にとっては、実際、大きな驚きだったのだ。それに気を取られるあまり、今しがた自分が何をしようとしていたのかも、一時《いっとき》頭から吹っ飛んでしまったほどに。

「あんた……カノウ四丁目に、行きたいのか？」

「あ、はい。その場所だけ、ここで教えていただければ、傘は結構ですので」

早口になってうなずく少女。その態度には、焦りが滲んでいた。どうも、この対話を一刻も早く切り上げたがっているように見えた。

けれども晴生は、その場に突っ立ったままで、考え込んでしまった。

なぜ。この少女が「カノウ四丁目」に行こうとしているだなんてことが、あるのだろうか。不可解なことだ。だって、その場所は——。

そうしていると、ほどなくして、にわかに雨が激しくなり始めた。

しまった、と晴生は我に返った。傘を取ってこようとしていたのを、そこでようやく思い出した。

「あー、降ってきちまったか。わりいわりい、ちょっと、ぼーっとしてて」

晴生は、決まり悪く少女に笑い掛ける。

「こりゃもう、歩けるようになるまで休んでから、シート被ったまま、雨宿りできるとこに避難したほうがいいな」

「……あの」

少女は、何かをあきらめたように、小さく溜め息をついた。

そして、またにこりと笑みを浮かべて、手に持ったレジャーシートを、晴生のほうへ差し出した。

「えっ、何。俺も入っていいの？　……けど、二人で入るには、ちょっとシートの大きさ、足りねーかな」

「ええ。ですから、どうぞ。これ、使ってください。私のことはいいですから」

「……へ？」

晴生は耳を疑った。

「え……いや。そういうわけにはいかねーだろ。あんたの持ち物なんだから、あんたが使えよ。俺は」

「いえ、私は大丈夫ですから」

「いやいや。俺のほうがもっと大丈夫だから。俺、家も仕事場も、こっからすぐ近くだし。服濡れたって、すぐ帰って着替えれるからさ」

「……それなら、あなたは私に声を掛けたせいで、家に帰るのが間に合わず、雨に降られてしまったってことですよね？」

穏やかな微笑みと共に、そんなことを言われて。晴生は言葉を詰まらせた。

確かに。この少女に出会わなければ、雨が本降りになる前には、家に帰り着けていたことだろう。けど、だからといって。

「声掛けたのは、俺の勝手だ。あんたが気にすることじゃねーよ。……とにかく！　せっかく雨除け持ってんのに、二人して使わねーのもさ、もったいねーから」

「そうですね。……うーん」

少女はうつむいて、何かを考えるように黙り込んだ。

それから、ふと顔を上げたかと思うと、塀に片手を突きながら、よろよろとどこかへ歩き出した。

どうやら、なんとか歩けるまでには、体調が回復したようだ。でも、今からどこへ行くつもりなのだろう。そこらへんに、軒下とか木とか、軽く雨宿りできそうな場所とか、あるんだろうか？

首をかしげながら、晴生は、とりあえず少女の動向を見守った。

少女は、塀を伝って歩いていき、その塀が途切れて、小さな花壇《かだん》になっているところで立ち止まった。

花壇の周りには、猫除けのつもりか、水の入った大きなペットボトルが、何本も置いてあった。

そのうちの一本を、少女は、ふらつきながら拾い上げて。

蓋を開けて、中の水を、自分の頭にぶちまけた。

それは、あまりにも予想外の出来事で。晴生は、とっさに止めに入ることもできなかった。

呆気に取られ、目を見開いたまま固まっている晴生の前で、どぽどぽと吐き出されるペットボトルの水は、少女の髪も肌も服も、濡らしていった。

そうして、ひとしきり、全身にまんべんなく水を滴らせてから。

少女は、ペットボトルを元通り地面に置き、あらためて晴生にレジャーシートを差し出して、にっこり笑った。

「私は、もうこれだけ濡れてしまったので、今さら雨除けは要りません。ですから、このシートは、どうぞ、あなたが使ってください」

＋

結局、そのあと、晴生はレジャーシートを貸してもらうことにした。少女の思惑どおりと言おうか、もはや、遠慮したところで意味のない事態になってしまったからだ。

ただし、雨の中で、そのまま少女と別れるわけにもいかなかった。

人より体が弱いだろうに、ずぶ濡れになって、雨に打たれて帰ろうとしている人間を、どうして放っておけるだろうか。いいから付いてこい。来ないってんなら、俺も頭から水ぶちまけるぞ！　――と、晴生は我が身を人質《ひとじち》に脅しを掛けて、渋る少女を無理やり引っぱっていったのだった。

晴生は、自分の仕事場である郷祭事務所に、少女を連れ込んだ。別に家でもよかったのだが、事務所のほうがいくらか近かったし、それに、家に連れて行くより気を遣わせなくて済むかな、とも思ったのだ。事務所には他に誰もいなかったので、そこに初対面の男と二人きりというのは、それはそれで嫌かもしれないが……。

「じゃあ、とりあえず、これに着替えな」

晴生は、少女にタオルと服を渡して、洗面所で着替えてもらった。

渡した服は、事務所の倉庫にあったもので、とある祭のときに使われる衣装だった。その祭では、いつも、踊り連による演舞の最後に、観客が飛び入りで参加できる踊りがあるのだが、そうやって飛び入りする人には、希望があれば衣装を貸すようにしているのである。

少女に渡したのは、着物風の合《あ》わせ半纏《はんてん》と下衣《かい》のセットだった。半纏は、左右で藍《あい》と白とに色が分かれており、広い袂《たもと》に朝顔の花が描かれているデザインのものだ。踊りのときに着るものであるから、激しい動きをしても胸元がはだけないよう、胸の内側には紐が付いていて、それを結んで着るようになっている。これなら安心して着ていられるだろう。

少しして、着替えを終えて出てきた少女に、晴生は笑顔で言った。

「そんじゃ、まあ。当分雨も止みそうにねえし、しばらく、ゆっくり休んできな」

「……どうも、すみません」

少女は、浮かない表情で、うつむくように頭を下げた。

それから、晴生は、少女の服を乾かすためにハンガーを貸した。少女は下着類も脱いでいたので、それをハンガーに吊るして掛ける作業は、少女自身に任せた。晴生はハンガーのほうは決して見ないようにして、また、少女が下着を付けていないこととかは、極力考えないことにした。……こういった場合を想定して、着崩れることがない型の、体の線が浮き出ないような布質の服を選んで渡したのだから、別に、そこになんら刺激的《しげきてき》な光景があるわけではないのだけども。

「じゃあ、あとはこいつで風当てとけ。早く乾くからな」

晴生は、衣装と一緒に物置から引っぱり出してきた扇風機を、少女のそばにデンと置いて、コンセントを差し込んだ。

これでしばらく暖房を効かせていれば、濡れた服はどうにかなるだろう。――本当は、近くのコインランドリーでも探したほうが、親切というものかもしれないが。しかし、そうしなかったのは、手前勝手ながら、この少女とじっくり話をしたかったからだ。足止めの時間稼《かせ》ぎ、という意図なわけである。

さっき出会ったばかりの少女のことを、晴生はもちろん、何も知らなかったけれど。

でも、一つ、わかった気がした。

この少女は、たぶん、自分自身に対して頓着《とんちゃく》のない人間なのだ。

それは、着る物や持ち物にこだわりがないとか、そういうこととはまた違う。服に興味がないからどうでもいい、ではなくて、自分のことがどうでもいいから、そんな自分が何を着ていようが関係ないのだ。

鞄や靴に関しても、さらには己の体に関してまでも、それは同様で。だからこそ、自分の体質や体調を顧《かえり》みない無茶《むちゃ》な長歩きをしたり、人に雨除けを貸すために自分はずぶ濡れになったりして、それでも当然のように、にこにこ笑っている。

そして、倒れて動けずにいた少女に手を貸そうとしたときの、あの頑《かたく》なな拒絶と、うろたえぶり。あれは。少女自身が「自分のことをどうでもいい」と思っているから、他人が「どうでもいい人間」のために労力を使おうとしているのを、慌ててやめさせようとしたんじゃないだろうか。

――と、それらはもちろん、単なる想像。晴生の憶測でしかなかった。

でも、もし本当に。この少女が、そういう危うい認識を持った人間だとしたら。それは、どうにも放っておけない。

そんなことを考えながら、晴生は、少女にお茶を淹れて持っていった。

来客用のソファに座る少女は、膝の上に両手を重ねて置いて、何もないテーブルの上に、じっと視線を落としていた。

大人しくそこに座っているだけの少女。しかし、その姿を見ていると、晴生はまた、胸の中がざわざわした。その胸騒ぎを起こしている原因に、少し考えて、晴生は気づいた。それは、違和感だった。この少女、普通の人間に比べて、異様なほど動作が少ないのだ。体も視線も、さっきからピクリとも動かない。初めての場所に来て緊張《きんちょう》しているとか、そういったふうではない。なんだか、意図的に気配を消そうとしているようにも見える。この部屋の中の空気を揺らすことを恐れて、呼吸すらも、意識して制限しているような。まるで、自身のことを、ここに居ることが許されない、とんでもない招かれざる客だとでも思っているかのような——。

「はーい、お茶入ったぜー。これ飲んで、あったまりな」

晴生は、何気ない態度を装って、少女の前にお茶と茶請けの皿を置いた。

お茶は、たまたまこのとき事務所にあった、何かおしゃれな感じの紅茶のティーバッグだった。そっちはいいのだが。問題は、茶請けの菓子のほうだ。皿に盛られた、かすかに黄みがかった、薄っぺらい砂糖まみれの物体。

「今、茶請けらしいもんが、これくらいしかなくってさ。大丈夫かな。……生姜糖《しょうがとう》、なんだけど。これって、けっこー好き嫌い分かれる食いもんな気がすんだよなあ」

「あ。いえ、どうもすみません。あの。……ありがとうございます」

少女はひどく申し訳なさそうに、眉を寄せ、深々と頭を下げた。

その恐縮《きょうしゅく》ぶりに内心戸惑いながら、晴生は、少女の向かいのソファに腰を下ろした。

「そういや、自己紹介もまだだったな」

それを思い出した晴生は、正面にいる少女に笑い掛けて、

「俺は、温木晴生ってんだ。一応、この事務所の、所長代理だ」

「えっ？」

少女は、少し驚いた顔で、聞き返した。

「温木さん、私と、歳が変わらないように見えるんですが」

「ああ。高校行ってねーけど、普通に進学してたら、今度高二だな」

「あ……ちょうど、同い年なんですね。その歳で所長代理って……すごいですね」

「いやー、親のコネだから。ここの所長、俺の母親なんだよ。……その所長が、もともと持病で胸とか喉とか患《わずら》ってたんだが、一年前くらいから、それが悪化しちまって

な。まあ、家で見てると、けっこう元気そうな顔してんだが。それでも、今までどおり仕事続けるのは難しい状態でさ。ときどき事務所にも顔出したりはするけど、主な業務は、今は、俺が代理でやってんだ。これでも、ガキの頃から事務所の仕事いろいろ手伝ってて、それなりにノウハウ持ってたし。……つっても、他の事務員たちにフォローしまくってもらいながら、なんとかやってる感じだけどな」

べらべら喋る晴生の話を、少女は、紅茶や生姜糖に口を付けるでもなく、行儀良く膝の上に手を置いて、うなずきながら聞いていた。

「まーとにかく、そんなわけだから。俺が代理で仕切ってるこの事務所で、気兼ねはいらねえ。くつろいでいってくんな！」

「……どうも、すみません」

少女は、自身が何か悪行でも働いているかのような、苦しげな表情でうつむいた。

「声を掛けていただいたとき、素直にお言葉に甘えて、商店街まで運んでもらっていればよかったですね。……こんなことになって、かえって、ますますご迷惑をお掛けしてしまって……」

「なあーに、気にすんな。俺の胸の内では、常日頃から、秘めたる郷土愛が炸裂《さくれつ》してっからな。この異角の土地で困ってるやつのことは、見過ごせねーんだ」

「郷土……愛？　……ですか」

「ああ、そうとも。俺はこの土地を、そして異角に暮らす人々を、深く深く愛してる！　そんな郷祭事務所所長代理、温木晴生を、どうぞよろしく！　……今、俺、勢いで『秘めたる郷土愛』とか言ったけど、考えてみたら何一つ秘めてはいないなこれ。……うん、まあいいか。郷土愛なんてもんは、丸出しにしていたところで、別に何も問題ないよな！　ってなわけで、あんた。この郷土愛の捌《は》け口《ぐち》になることは、むしろ、俺のための親切だと思うがいい！」

――と。無駄に大声で、そんなことをまくし立てたものだから。

少女は、気圧《けお》された様子で少々身を引きながら、それでも、曖昧な笑みを浮かべてうなずいた。

「……ところで。まだ、あんたの名前を聞いてなかったな。なんていうんだ？」

話題を変えて、晴生が尋ねると。

少女は、話題が自分のことになった途端に、紅茶のカップを持ち上げて。

「西来野久路といいます」

と、カップの中の紅茶に目を落としながら、どことなくぞんざいな口調で答えた。

薄く立ち昇る湯気の向こうには、辻で話していたときに見たのと同じ、微笑が浮かんでいた。

　感情の読み取れない、だからこそ、それは穏やかな笑みだった。

「そうだ！　茶飲み話にさ、こんな不思議な話はどうだ？」

　自分のぶんの紅茶を、一口飲んで。晴生は、唐突にそう話し始めた。

「これは、ついさっき俺が体験したばかりの、ほんとの話だ……。西来野さん。あんた、ここに来る前、俺に尋ねたよな。『カノウ四丁目へは、どう行けばいいですか？』って」

「え？　……ええ」

　不思議な話、と前置きした話の中に、いきなり自身が登場して、西来野久路は戸惑った表情でうなずいた。

　よしよし、とりあえず興味は引けたかな。と、ほくそ笑んで、晴生は続ける。

「実はな。今日、それを俺に尋ねたのは、あんただけじゃねえんだよ。——あそこであんたと出会う、ほんのちょっと前のことだ。あの辻から、さほど離れてない場所で、俺は、一人の男に道を聞かれた。『カノウ四丁目へは、ここからどう行けばいいでしょうか』……ってな」

そこで、晴生がいったん口をつぐむと。

西来野さんは、別段驚いた顔もせず、「それは、偶然ですね」と微笑んだ。

そこへ、晴生はにやりと笑い掛けて、

「ああ。それだけなら、確かに俺も、偶然で片付けてるところだ。けど、不思議なのはここからでな……」

思わせぶりに、一呼吸、間を置いて。

声を低めて、晴生は言った。

「『カノウ四丁目』という地名は、この異角のどこにも、存在しねえんだ」

「……え？」

晴生の言葉に、西来野さんは、ゆっくりと目を見開いた。

「叶《かのう》、という地名は、あるにはあるけどな」

晴生は、指で空中に鏡文字《かがみもじ》を書いて、向かいにいる西来野さんにその字を示した。

「それは、異角網多路《あみだじ》にある地名なんだ。この央辻町辻ノ四からだと、車で三十分はかかる場所だな。そして、その叶にしても、一丁目、二丁目、三丁目はあるが、それで終わりだ。四丁目というのは、どこにも存在しない」

ここ異角の土地は、郷祭事務所のある央辻町を中心に、辻間戸、蛇ノ足、暮標、そして網多路という、五つの地区から成っている。央辻町は他の地区に囲まれるようにしてある区域なので、たとえ異角の外に「カノウ四丁目」が存在したとしても、だ。

それは、道を聞かれた場所である央辻町からしたら、辻間戸、蛇ノ足、暮標、網多路の、いずれかの地区を隔てた遠い場所、ということになる。異角にある「カノウ」という音の地名が、網多路に存在するそれ一ヶ所である以上、そこが、道を聞かれた地点から最も近くにある「カノウ」なのだ。それより遠くにある「カノウ」の場所を、あそこで尋ねられるなんてことは、まずありえない話だろう。

「な？　不思議だろう？　一日のうちに、二人の人間から別々に、存在しないはずの『カノウ四丁目』へ行く道を、尋ねられたんだぜ？」

「……そう、ですね」

西来野さんは、しかし、歯切れの悪い相槌を返して、目を伏せた。

「それで、温木さん、あのとき、あんなに驚いた顔をしてらしたんですね。……あの。……でも、それは」

「おっと！　皆まで言うな！」

何か告げようとした西来野さんを、晴生は、手の平を突き出して制した。

「やっぱり、当人であるあんたは、この不思議な話の真相を知ってるようだな。……

だが、あんたの口から言う必要はない。そいつは、今から俺が当ててやろう！」

宣言するやいなや、晴生は目を閉じ、腕を組んで、むむむむ、と、いかにも今から考えるようなふりを始めた。

そして、しばしそのポーズで唸ったあと、カッと目を開けて言った。

「あんた――『辻占《つじうら》』を、やってたんじゃないか？」

その問いに。西来野さんが息を呑んだのが、見て取れた。

辻占――というのは、辻に立って行う、一種の占いだ。その辻で耳にした言葉によって神意を得る、というのがその方法である。たとえば、「生き別れの親の居場所」を占おうと辻に立って、そこを通る通行人たちの会話の中で「〇〇村」という言葉が出てきたら、その村に行って親の手掛かりを探す、といった具合に。

ここ異角という土地は、「辻」と縁が深い。それゆえに、古くから辻占が盛んに行われていたという歴史がある。その風習は、昔ほどではないにしろ、今の時代にもけっこう受け継がれているのだ。何も生き別れの親を探すためでなくとも、割と気軽に、この辻占は行われる。美味しいコーヒーの店を見つけるため。すてきな異性と出会える場所を占うため。あるいは、友達と仲直りするにはどうすればいいか？　成績《せいせき》を上げるためのいいやり方はないか？　気になるあの子と仲良くなるためには何をすればいいだろう？ ——そんな悩みの答えを求めて。

異角と辻占。その関わりを知っていたから、晴生はピンときたのである。

半分は当てずっぽうだったが、どうやら、それは。

「おっ。その反応は、当たりだな⁉ よっしゃあああ、推理的中——！」

両手でガッツポーズを決めて、晴生は、ソファの上で跳び上がらんばかりに叫んだ。

西来野さんは、不思議そうに首をかしげて、晴生に尋ねた。

「……どうして、わかったんですか？」

「ふっ、なあに。簡単な推理だ」

晴生は、またかっこつけて腕を組むと、ソファの背にもたれて、語り出した。

「存在しないカノウ四丁目への道を、同じ日に、二人の人間から別々に尋ねられた。この不思議な出来事が起こった理由を考えるに当たって、俺がまず疑問に思ったのは、あんたが、一体どこで『カノウ四丁目』という言葉を知ったのか……ってことだ。この異角には実在しない場所なわけだから、実際の住所を調べたりして知った、ってわけじゃないよな。あんたが、もし網多路の叶の町や、その付近の住民だったら、叶には三丁目までしかないのかどうか、それを調べるために人に聞くことは、ひょっとしたらあるかもしれない。……が、それを、叶の町から遠く離れた央辻町で尋ねるのはさすがに妙だし、そこへ『どう行けばいいですか？』って尋ね方も不自然だ」

そもそも、と。晴生は、西来野さんの脇に置かれたスクールバッグを指差した。バッグは、雨除けを被った晴生が抱えてここまで持ってきたので、干さなければならないほど濡れてはいなかった。

「その鞄の校章――標高《しるべこう》のやつだよな。西来野さん、家も、あの辺なのか？」

「あ、はい。暮標です」

「ふむ。暮標は網多路と隣《とな》り合った地区ではあるが、叶の町は、網多路の中でも暮標から遠く離れた場所に位置する。そこには、他の地区から人がやって来るような名所や店があるわけでもないし……。叶なんて、暮標の住民は、まず耳にする機会のない地名だろう。しかも、あんたが尋ねたのは、存在しないはずの四丁目――」

西来野さんに道を尋ねられたとき。あのときは、別人から立て続けに、存在しない場所への道を聞かれたのが、不思議でならなかった。しかし、あとから冷静になって考えてみれば、なんのことはない。極めて単純な話である。

「結論から言おう。あんたは、辻占をしていたときに『カノウ四丁目』という地名を耳にしたんだ。『カノウ四丁目へは、どう行けばいいでしょう？』と。あんたが立っていた辻のすぐそばで、通行人にそう尋ねる男の声を、あんたは聞いた。その声の主は、つまり、俺に道を尋ねた男と同一人物――。俺は、たぶんそのあとで、男とあんたとの二人に、続けて道を尋ねられたわけだ」

晴生は、乾き始めた口中に、そこでまた一口、紅茶を流し込んだ。

「男の口にした、カノウ四丁目。それが、あんたの辻占の結果となる言葉だった。だから、普通ならすぐに忘れちまうような、何気ないその言葉を、あんたはしっかり覚えていて――……そして、それが異角に存在しない場所とは知らず、俺にカノウ四丁目への道を尋ねた、と。そういうわけだ」

西来野さんが、あのタイミングであえて道を尋ねたのは、単に占いで示された場所へ行きたかったから、というだけでは、なかっただろうが。

あのとき、西来野さんのために傘を取りに行こうとした自分を、西来野さんは、なんとしても引き止めたかったのだろう。この少女は、他人の手を煩《わずら》わせることを、ひどく嫌っているようだから。――道を聞いているうちに雨が本格的に降り出して、もう傘を取りに行く意味がなくなってしまえば、あとは、この人に雨除けのシートを渡して、私は濡れて帰ればいい――。西来野さんは、きっと、そう考えたに違いない。

あのあとの彼女の言動を見れば、それは明らかだ。

生憎《あいにく》、最終的には、西来野さんの目論見どおりになど、ならなかったわけであるが。

「どうよ、西来野さん。当たった？」

「はい。そのとおりです。……すごいですね。温木さん、探偵みたい」

「はっはっは。どんなもんだい」

……辻占という予備知識がありさえすれば。いや、たとえそれを知らなくたって、探偵風にかっこつけて真相を語っても「そりゃそうだろ」程度のことだ。しかし、それにもかかわらず、西来野さんは小さく拍手まで送ってくれた。良い子である。

「ちなみに、西来野さんは、辻占で何を占ってたんだ？……あ。いや。これ聞くのは、無粋っつうか、マナー違反かな。プライベートに関わることとかだったら、別に」

「あ、いえいえ。そんな、たいしたことじゃないですよ」

にこりと微笑んで、西来野さんは、こう答えた。

「私は、よく、散歩の途中に辻占をしているんですが。占うのは、いつも同じことなんです。――『次の散歩はどこに行くか』ってことを、辻占で決めてるんです」

「……なるほど」

エンドレス辻占か。と、晴生は呟いた。

皿の上の生姜糖に手を伸ばし、それを一口齧って、考える。

この少女は、なぜ、散歩中毒なんだろう。辻占のことに気づいたときは、もしやそれが原因かとも思ったが。話を聞いてみれば、辻占さえも散歩のためであって、占いが目的というわけでもないようだ。じゃあ、体が弱いのに、無理をしてまで歩き回る理由は……。家にいたくないから、とか？　家族との関係が、上手くいっていないとか？　短絡的な発想だと、晴生は自分でも思った。けれど、なんとなく、それが当たっているような気がした。……なんとなくだ。彼女がこういう人間なのは、そういう環境で、そういうふうに育つべくして育ったからではないか——と。

「……西来野さんてさ。生姜糖は、食ったことある？」

「え。……いいえ。本で読んだことはありますけど、実際食べたことは。……確か、生姜を薄切りにして、砂糖漬《づ》けにした食べ物ですよね。昔、何かの児童文学の本で、主人公の女の子のおばあさんが、それを作って食べさせてくれる場面があって。それを読んで、美味しそうだなあ、って思ってたんですよ」

「おお。そんじゃ、この機会に食ってみる？」

「ええ、いただきます」

西来野さんは、うなずいて、皿の隅にあった小さな一片を摘まみ上げた。

「本の挿絵《さしえ》で見たのは、もっと厚みがあって、数の子か何かみたいに見えましたけど。実際の生姜糖って、こんなに薄いものなんですね」

「あー。まあ、そこは店やメーカーによってかな。ある程度厚みのあるのもいいけど、ここの店のは、この薄切りっぷりが売りなんだ。この薄さだと、スナック菓子みたいにサクサクした食感なんだぜ。……ただ、この店の生姜糖はかなり辛いから、本当は、あんま初心者向けじゃねーんだけどな。そこはすまん」

「……辛いんですか、やっぱり。……生姜ですもんね」

生姜糖の欠片《かけら》を手に持ったまま、西来野さんは少しためらっていたが、ほどなくして、意を決したようにそれを口に入れた。

「……あ。すごい、生姜の風味が。生姜の塊って、齧るとこんな――……辛っ……」

小さく呟いて、西来野さんは口元を押さえた。

「おっ、大丈夫か、西来野さん！」

「……はい、なんとか。……本当、これ、辛いというか、熱いというか……。でも、美味しいですね。生姜の塊って、繊維《せんい》とかが口の中に残って食べづらそうって思ってたんですけど、意外と……」

「そうそう。繊維は、噛んでくうちにふわふわ柔らかくなってくから、ぜんぜん、呑み込みづらいこととかないだろ。辛さはともかくとして、けっこう食べやすいよな。まあ、俺は辛いの好きだし、特に、生姜のこのカーッとくる熱い辛さって、たまんねーんだけど。このカーッとくる感覚ってさ、なんか、やる気を呼び起こすんだよなー。俺は栄養ドリンク代わりに生姜糖を常食してるぜ！」

「……それで、温木さん、そんなにお元気なんですか？」

くすり、と、西来野さんは笑いをこぼした。

「生姜と砂糖って、相性がいいんですね」

「だよなー。……あ。相性っていえば、生姜糖と紅茶ってどーなんだろうな？　俺、いつもは普通に日本茶の茶請けにしてるけどさ。今日に限って事務所に紅茶しか残ってねーんだこれが。やっぱ、和風の飲みもんのがよかったかね？」

「え、そんなことはないですよ。紅茶なら、ジンジャーティーっていうのもありますし。生姜、砂糖、紅茶で、相性ぴったりですよ」

「あー、そっか。ジンジャーティーか！　そりゃ、体あったまりそうでいいな！」

西来野さんと笑みを交わして、晴生は、口中に残る生姜の風味の中へ、紅茶を流し入れた。茶菓子を通して弾む会話。和気あいあい——と、言っていいだろう空気が、確かに、この場には流れていた。

こうして話をしていると、西来野さんは、ごくごく普通の女の子だ。人よりも多少大人しい性格のようだし、その年齢《ねんれい》には不似合いなほど、穏やかな雰囲気を持っていて、しっとりと落ち着いた声で喋りはするが。感情表現がないわけではないし、こちらの話に、ちゃんと反応を返して会話してくれる。

……でも。やっぱり、何か。……なんだろう。

少しばかり驚いても、うろたえても、その瞳には、感情の揺らぎが見えない。

笑っているときも、そうだ。その瞳から、感情らしいものは読み取れない。

だから。

一見すると友好的で、にこやかなその微笑に、晴生はむしろ「壁」を感じた。

それは、ぎこちない作り笑顔とは違う。慣れた愛想笑いとも違う。何か、もっと、笑顔である意味が空虚な、摑みどころのない表情だった。

「あの……。ところで、温木さん」

「ん？　何か？」

何気ない態度で、晴生は、間を置かず聞き返した。

「いえ、あの。……今のお話で、気になることが、二つほど」

言いかけて、西来野さんは、思い出したように紅茶を飲んだ。こっちの話の途中でも、遠慮せずに飲んでくれればよかったんだけどなあ、と、程良い温かさにまで温度が下がったカップを触って、晴生は思った。

西来野さんも、紅茶の温度の低下に焦ってか、半分くらいまで一気に飲んでしまってから、カップを置いて、あらためて口を開いた。

「温木さん、異角にあるカノウという地名の場所は、網多路にあるそれ一ヶ所だけだとおっしゃいましたが……どうして、そんなことを知ってるんですか？」

「……ああ！」

西来野さんのその問いに、もっともだと、晴生は笑った。

現在異角と名が付いている土地は、市の一角にある五つの区であるが、その内には、千を超す数の地名がひしめいているのだ。それらすべてを、それも、丁目に至るまで把握している人間なんて、そうそういるものではない。言われてみれば、疑問に思われるのも無理のないことだろう。

「俺の頭ん中には、異角全域の地名が余さず入ってんだよ。さっき言ったろ？　俺は郷土愛凄《すさ》まじいって」

「……はあ。そういうものですか」

「おうよ！　……で。気になることのもう一つってのは、なんだ？」

「あ。それは」

一瞬、また笑みを浮かべて。それから、再び質問時の真顔になって、西来野さんは言った。

「温木さんの言ったとおり、私は、辻占をしていたときに、道を尋ねている人の会話で『カノウ四丁目』という言葉を聞きました。そのとき道を尋ねていたのは、やはり温木さんの言うように、きっと、温木さんに道を尋ねた男性と、同じ方だったのだと思います。……でも、その男性は、そもそもどうして、存在しないはずの『カノウ四丁目』への道を、人に尋ねたりしたんでしょうか？」

それを聞かれて。晴生は、おもむろにうなずいた。

こっちのほうは、想定していた質問だった。

「それは……時代の流れ、かなあ」

独り言のように呟いた、晴生の言葉に。

西来野さんは、ゆっくりと、首を横に傾けた。

「そういや、西来野さん。あんた、辻占が、異角の土地で昔からよく行われてる占いだってことは、知ってるのか？」

「え？　……ええ、はい。小学校のときの社会の授業で、先生がそんなことを言ってたような……。それに、今でも辻占がよく行われているってことは、周りを見ていたら、わかるというか。学校とかでも、辻占をやったという人の話は、よく聞きますし」

「そうか。それじゃ、なぜ、異角の土地で辻占が盛んに行われるようになったのか。その歴史は、ご存知かな？」

「……いいえ。そんなところまで、詳しくは」

どんな歴史があるんですか？　と、ほんの少し身を乗り出して、少女は尋ねた。

辻占、というキーワードに惹かれてか、この話題に興味を持ってくれたようだった。

「うむ。それはな。まず、この異角の土地——厳密には、今は異角央辻町となっている区域が、ここらに唯一の村だった頃の、遥《はる》か遠い時代の話……」

こんなところから話すと、長い話になってしまうだろうが。まあ、西来野さんの服が乾くまでの時間潰しには、ちょうどいいかもしれなかった。

「そこはその頃、カタリベ村と呼ばれていたんだ」

「……カタリベ？　それって、異角の黒電話の、ですか？」

晴生は、いったんそこで、口をつぐんだ。それも、聞かれるとは思っていた。「黒電話のカタリベ」の話は、この異角に住む者であれば誰もが知っている噂である。

「……今、カタリベという名で呼ばれているそれと、カタリベ村の名の由来となったカタリベが、どれだけ関係のあるものなのかは、俺にもよくわからん」

それだけ答えて、晴生は「えっとな」と、話を戻す。

「とにかく、そのカタリベ村には、『辻語り』という風習があったんだ。……それは、人に害をなす怪異を鎮めたり、あるいは、神を村に呼び込んだりするために行う、一種の神事のようなものだった。その辻語りにおいて神職を務めたのが、すでに現存はしていない、異角の古い郷土神職――『カタリベ』だったんだ。

それでな。辻語りってのが、具体的に何をするものなのかっていうと。それは、カタリベと呼ばれる者が、村の中にある辻に、村人たちを大勢集めて、神様の物語や、妖怪退治の物語を語って聴かせることだった……と、伝えられている。カタリベっていうのは、その儀式において神懸《かみが》かりとなる役目の人間だったんだ」

生姜糖をもう一枚、口に運んで、晴生は続ける。

「で、その辻語りなんだがな。そいつは、辻に集まって、カタリベの話を聴いて、そこで終わり、ってわけじゃない。カタリベの語りを聴いた村人たちは、その後しばらく、日常生活の中で、カタリベから聴いた話を『噂』として語るんだ。作り話とわかってる話を、あたかも、自然に生まれて広まった噂であるかのようにな。――たとえば、村にタチの悪い妖怪が棲み付いたりなんかしたときに、カタリベは、『その妖怪にはこういう弱点があって、こういう方法で退治することができる』って作り話を語るんだ。そして、それを聴いた村人たちが、日常生活に戻ったあと、それを噂する。

そうすると、作り話であったはずのその妖怪の弱点が、いつしか事実となって、村人たちは、今まで退治できなかった妖怪を倒す、その術《すべ》を得る。――辻語りってのは、そういう力のある神事だったんだそうだ。『物語』と『噂』の力によって、里の怪異を鎮める。それが、カタリべという神職であり、辻語りという風習だった」

西来野さんは、うなずきながら、真剣に話を聞いているようだった。

「そういった風習があったことから、カタリべ村では、『辻』という場所が特別な力を持つとされたんだ。……もっとも、辻がそういった場所とみなされたのは、カタリべ村に限ったことじゃあないが。それでも、カタリべ村の辻では、他の土地の辻よりも、特に強力な力が働くとされていた。だからこそ――」

「辻占が、盛んに行われるようになった、ということですか」

「そう、そういうことだ。……カタリべ村の周りに、ぽつぽつ他の村ができ始めると、それらの村々からも、カタリべ村へ辻占をしに、たびたび人々が訪れるようになった。あの村でやる辻占はよく当たる、って評判になってな。また、辻語りの風習も、近隣《きんりん》の村々へ広まっていった。――今現在、異角央辻町の周りにある『異角』が付いた地名の土地は、辻語りが広まったことによって、カタリべを通して、カタリべ村と交流を深めた土地なんだ」

晴生のほうも、いつしか、話をすることに夢中になっていた。

「やがて、村にどんどん人が増え、発展し、カタリベ村だった土地が、この辺り有数の大きな町となったときにもな。辻語りと辻占の風習ゆえに、わざわざ辻——交差点がたくさんできるような都市計画で、町が造られたくらいなんだ。それくらい、辻占や辻語りは、この土地に深く根差した風習だったんだぜ。……今だって、あんたのように辻占をやる人間は、けっこういるしな。——ただ」

と、晴生は、自分でも無意識のうちに、そこで少し声を落とした。

「辻占と違って、辻語りの風習のほうは、時代が下ると共に廃《すた》れ、いつしか完全に滅んじまったがな。——その代わり、なのか、なんなのか。現代の異角の土地には、町中に、誰がいつ置いたのかわからない黒電話が置かれていて、その黒電話の向こうに、カタリベと呼ばれる人物が存在する」

晴生は、また我知れず、眉間に深く皺《しわ》を寄せた。

「あの黒電話のカタリベが、かつて辻語りをしていた郷土神職の『カタリベ』と、どこまで、どういった関係があるのかは……さっきも言ったとおり、よくわからない。無関係ということは、さすがにないと思うんだが。黒電話のカタリベの正体ってのは、どこまでも謎なんだ」

「……そうなんですか。……黒電話——電話は、辻語りのカタリベとは、関係ないんですよね？ 辻語りが、昔の風習だというのなら……」

「まあ、そうだな。辻語りが行われていたのは、電話機が普及するよりもずっと古い時代のことだし。……けど」

「けど？」

「うん。辻語りのカタリベってのはな。辻語りの神事のとき以外は、決して人前に姿を現さなかったらしいんだ。黒電話のカタリベも、常に電話の向こうにいて、姿は見えない。そこに、共通点が見出《みいだ》せると言えば、言えないこともないだろう」

もっとも、黒電話のカタリベは正体不明の人物であるから、そこらへんを歩いていても、それがカタリベだとは、誰にもわからないかもしれないが。しかし、人前に姿を見せたときに、それが黒電話のカタリベだと認識されないのなら、「黒電話のカタリベ」という概念は、やはり「姿の見えない存在」だと言える。——いや。本当に、そういう問題なのかどうか。それは、晴生にはわからなかった。黒電話のカタリベが、カタリベという正体を隠して生きている何者かであるのか。あるいは、もっと根本的に正体不明の存在であるのかは——。

「あの。辻語りのカタリベが、普段は人前に姿を現さなかったというのは、どうしてなんでしょうか？」

「ん。……ああ、それはだな。カタリベは、神懸かりとなる存在だったから、神との結び付きを強めて、カタリベとしての力を高めるために、俗世から切り離された生活を送ってたそうなんだ。人と会うことも、外出することも、食事も会話も——とにかく『語ること』以外のあらゆることを、かなり厳《きび》しく制限されていたという。辻語りのために所定の辻へ赴く際も、自分の足で移動することは禁じられていて、駕籠《かご》で辻まで運ばれてから、そこで初めて、人前にその姿を晒していたんだと」

そこまで喋って、晴生は一息ついた。

また生姜糖を齧って、口の中が灼《や》け付く感覚を楽しみながら、今度はこう尋ねる。

「そういや、異角の地名の由来って、西来野さん、聞いたことあるか？」

「いえ……。それも、カタリベと、何か関係があるんですか？」

「いや、関係してんのは、辻占のほうでな。……んーと。異角って地名はさ、古くは異角立といってな。それは、『異界の者が辻の角に立つ』ということを意味する言葉だったんだ。……というのも、辻占の風習が広まってから、この土地では、『四つ辻の角に怪しい者が佇《たたず》んでいる』って話が、しきりに噂され始めてな」

「辻の角に？　それって、辻占をしている最中の人だったのでは」

「そのとおり！　――なんだけども。辻占をしている人間に混じって、この世に紛れ込んだ異界の者なんかも、たまに辻に佇んでいるんじゃないか……と。人々の心には、そんな不安と怯《おび》えと疑心が生まれて、それが噂を生んだわけだ。実際さ、何をするでもなく、ただじーっと辻に突っ立ってる人間に出くわしたら、辻占ってもんを知ってても、けっこうギョッとするもんだぜ。それが、薄暗くなった黄昏時《たそがれどき》なんかだったら、ことさらな」

「それは、確かに。そうかもしれませんね。……あ」

くすりと笑ったあと、西来野さんは、ふと気づいたように、小さく声を上げた。

「異角の『角』の字って……辻の角《かど》が由来になってるのに、カドではなく、ツノって読むんですね？」

「うむ。それはおそらく、鬼の角から来た読みだろうと言われている。噂で囁《ささや》かれる『四つ辻の角に佇む異界の者』に、人々はとりあえず、角のある鬼という、わかりやすい姿を当《あ》て嵌《は》めて語ったわけだ」

晴生は、すっかりぬるくなったカップを手に取って、残っていた紅茶を一気に飲み干した。淹れ方が悪いのか、こういうものなのか、冷めた紅茶は渋みがあって嫌だ。さっさと飲まなかった自分が悪いんだが。

「西来野さん。紅茶、冷めてね？　あっため直そうか？」

「いえ、大丈夫です」

「そっか？　遠慮すんなよ？　俺、紅茶淹れるの下手《へた》クソだから、冷めたら不味《まず》くなって——。……えーと、どこまで話したっけかな。……あ、そうそう。ここからが、大事なとこだ。あんたの二つ目の疑問を解くに当たってな」

西来野さんの疑問。それは、晴生に道を聞いた男が、なぜ存在しないカノウ四丁目への道を尋ねたのか——ということだ。

「さっきの話のようにだ。辻占のために道端に佇んでいると、通行人に怪しまれたり、ギョッとされたりすることがあった。挙句の果てには、辻に鬼が出たなんて噂が立ったりもした。……そこで。辻占をする人間はいつからか、その姿を通行人に見つかって、怪しまれたり驚かれたりしたとき、その人に道を尋ねるふりをしてごまかす、ということをし始めたんだ。『この辺りに、誰々さんのお宅はありませんか？』ってな」

「それって……」

西来野さんは、大きくまばたきをした。

「じゃあ、温木さんに、道を尋ねた方も？」

「うん。たぶん、あんたと同じ、辻占をしてる人だったんだろう。——あんたは、俺と会ったとき、ひどく見晴らしの悪い辻にいたよな。もし、あんたもあの男も、同じあの辻で同時に辻占をしていたなら、塀に隠れて互いの姿が見えず、互いの存在に気づかなかったとしても、おかしくない。……そして男のほうは、途中でその姿を通行人に見つかり、とっさに『カノウ四丁目へはどう行けばいいでしょうか？』と通行人に尋ねて、そのあと、その辻から立ち去ったんだ。そのときの会話を、あんたは辻占で耳にしたわけだ」

西来野さんは、それを通行人同士の会話だと思いこそすれ、辻占をしていた人と通行人との会話だとは、思いもしなかったのだろう。

「ま、これは、あくまで想像だけどな。今さら確かめようもねーし」

「……そうですね。でも……。本当に道を尋ねたいわけじゃなく、その場をごまかすための文句としてそれを言っただけなら、実際には存在しない場所を尋ねた理由として、説明がつきます」

大きくうなずいて、西来野さんは、そう言った。

「そうだな。自分は怪しいものではないと、その場をごまかすための文句。昔なら、自分は鬼ではない、れっきとした人間だとアピールする意味合いもあったろう。どっちにしろ、そこで尋ねる道や場所ってのは、実在するものであってもそうでなくても、なんでもいい。以前は『誰々さんのお宅はどこでしょうか？』と、個人宅の場所を尋ねるのが主流ではあったが……」

「今だと、違うんですか？」

「現代は、個人情報の保護《ほご》とか、かなり意識されてるからな。個人の家の場所を尋ねると、かえって不審者《ふしんしゃ》扱いされちまうことも多いんだと思うぜ。まあ、実際には、別にやましいことをしてるわけじゃないし、気にしねえやつは気にしねえだろうが……。『誰々さんのお宅』よりも、地名を使って道を尋ねたほうが、相手を警戒させずに済むだろう。それが、近くにはない地名、あるいはそもそも存在しない地名だったら、道を尋ねた相手も、知りません、わかりませんと言うだけで、そこで会話を切り上げられる。——あの男が、あえて『カノウ四丁目』という存在しない場所を尋ねたのは、そんな理由からなんじゃねえかな。カノウってのが、あの男が適当に考えた地名なのか。それとも、あの男が、網多路に三丁目まである叶の町を知ってたのかは、わかんねえけどさ」

そこまで言って、一呼吸置いて。

——以上！　と、晴生は両手で膝を叩いた。

西来野さんは、ほう、と溜め息をついて、力の入っていた肩をなだらかにした。

「どうだい。疑問は、解けたか？」

「ええ。——ありがとうございます」

微笑んで、西来野さんは、晴生に小さく頭を下げた。

晴生はそれに笑い返しながら、新たな生姜糖に、また手を伸ばした。

「いやー。こうやってちゃんと考えてみるまでは、まったく不思議な体験だったぜ」

ひときわ大きな生姜糖を、さくりと齧り取って、しみじみと晴生は呟く。

「こういうの考えるの、楽しくってさあ。あ、でも。深く考えずに、不思議は不思議のまま終わらせといても、それはそれで面白かったかもなあ」

「そうですね」

と、西来野さんは応えた。それは、晴生の言ったことの、特に後半への同意のようであった。

「存在しないカノウ四丁目への道を、二人の人間から尋ねられた、なんて……。温木さんの種明かしがなかったら、なんだか——」

「うん。現代民話みたいな話だったな」

「……現代、民話？」

聞き慣れぬものであろうその言葉を、西来野さんは、不思議そうに聞き返した。

それに対して、晴生は一つうなずき、説明を加える。

「ああ。言いたいことはわかる。民話っていうと、たいていの人は、桃太郎《ももたろう》とか花咲《はなさ》か爺《じい》さんとか、瓜子《うりこ》姫《ひめ》とか鉢《はち》かづきとか。そういう、昔話、おとぎ話と呼ばれる類の話を思い浮かべるだろうからな。現代の民話、って聞くと、それは矛盾を孕《はら》んだ言葉のように思えるかもしれん。でもな。民話ってのは、別に、昔話だけを指すわけじゃないんだ。というのも」

これもまた、晴生としては話すのが楽しい話題で、ついつい胸を熱くして語ってしまう。今は生姜の効能により、物理的にも体は熱かった。

「民話ってのは、大別すると、『昔話』『伝説』『世間話』の三つに分けられてな。このうち『昔話』と『伝説』に関しては、むかしむかしあるところで……とか、何百年前にどこどこでこんなことがあって……とかいうふうに、昔を舞台にした、そして、古くから語り継がれてきた物語が、そう呼ばれる。民話という言葉から一般的にイメージされるのは、おそらくこの二つだろう。だから、現代民話って言い方が、相反する単語の組み合わせに思えたとしても、無理はない。──だが、実は、『世間話』も民話の一種とみなされる、と聞けばどうだ？　世間話は、いつの世にも生み出され、語られ、それがリアルタイムで民話となり得る。つまり、今のこの時代にも、世間話という形で民話は生まれ続けてるってわけだ。現代に生まれて語られる民話。現代を舞台にした民話。それがすなわち、現代民話なんだよ」

「……えっと。わかったような、わからないような……。具体的には、どういう話を指して、現代民話って言うんですか？」

「そうだな。体験談としてなら、山道で狐《きつね》に化かされたとか、川べりで河童《かっぱ》を見たとか、そういうのが、昔は多かったかもな。今だと、動物譚や妖怪譚より、幽霊譚とかのほうが多いかもしれん。——あと、現代民話の中で大きな割合を占めるのが、噂話だ。わかりやすい例を挙げるなら、いわゆる都市伝説とか、学校の怪談とかな」

「ああ。……なんとなく、わかってきたかもです。……その例を聞くと、噂話にしても体験談にしても、世間話ならなんでも民話になるってわけでは、なさそうですね？」

「まあな。……うん。……俺としては、『内輪ではない人間相手にも語りたくなる』エピソードであることが、民話と呼べるものの条件だと思ってる。話に登場する人物や場所のことを知らなくても、聞いて楽しめる、興味を持てる話ってことだ」

　そこで、晴生は席を立った。

　来客用スペースを離れ、事務机の後ろにある本棚のところへ行き、その棚から何冊かのファイルを取り出して、それを持って戻ってくる。

「ほら。これが、最近採集した、異角の現代民話」

と、晴生は、西来野さんの横に立ち、ファイルを開いて中身を見せた。青いバインダー型のファイルの中には、まず一枚目の用紙に、採集した現代民話のタイトルがずらりと並んだ目録《もくろく》ページがあり、それをめくっていくと、目録に書かれた順番で、各民話の内容を記したページが現れる。

「この事務所は、通称郷祭事務所——正式名称を『異角立郷土祭事管理組合事務所』っつってさ。異角の土地の神事、祭事、その他の催しの情報をここで管理したり、いろんな祭やイベントの企画に協力したり、それらの準備、片付けや諸々《もろもろ》の雑用を手伝ったり、ってことをしてんだが。それ以外にも、郷土資料の作成、管理、提供なんかを主な業務としていてな。その一環《いっかん》として、この土地の民話の採集もやってるんだ。古い民話は先人が集め尽くしてるから、この時代の俺らが採集するのは、もっぱら現代民話になる。古い郷土資料も、ひと通りは頭に入れてるがな」

「へえ……。それで、温木さんは、異角の古い風習や地名の由来なんかにも、詳しいんですね」

納得した顔で、西来野さんはうなずいた。

晴生は、ファイルから手を放して、西来野さんにそれを渡す。西来野さんは少しためらった様子を見せたが、目録にじっと目を落としたあと、丁寧な手つきでページをめくり始めた。

「……ここに集められた現代民話って、黒電話のカタリベも、語っていそうですね」

「あー、そうだろうな。噂話に関してなら、あれは、ウチ以上に現代民話を網羅してるだろうよ。……西来野さんは、あの黒電話を使うことって、あるのかい」

「ああ、いえ。小学生の頃とかは、あの黒電話で、よく噂話を聴いていたんですが。今は……なんだか、怖くって」

それを聞いて、晴生は内心安堵した。カタリベの語る噂話は、できれば聴いてほしくなかったのだ。カタリベの語りには、噂を本当にする力がある。カタリベが黒電話で語り広めた噂話は、それがもとは作り話であっても、現実のものになってしまう。そのことに、気が付いていたから。――「なんだか怖くって」と話す西来野さんも、もしかしたら、それに勘づいているのだろうか？

ともあれ、西来野さんは、ファイルに収められた民話を、思いのほか熱心に読んでくれていた。特に「異界訪問譚」系の話――よく知っているはずの場所を歩いていて、いつの間にか見知らぬ景色の中にいた話や、この世でない世界に迷い込んだまま、もとの世界に戻れなくなった人の話など――は、そのページを、他のカテゴリーのものよりも長い時間開いて、じっくりと読んでいるようだった。

ただ、物語を綴る文字に向ける、西来野さんのその瞳が、なんだか妙に冷めているように見えるのが、晴生は気になった。

やがて、細長い一息を吐き出したあと、西来野さんは、こう口にした。

「世間話——噂話や体験談の民話って、『本当にあったこと』として語られるから、不思議な話や怖い話も、小説や漫画で読むそれとはまた違った魅力があって、すてきですね。とても、興味を引かれます」

「うむ。それは、世間話系の民話の醍醐味だな。とりわけ現代の、それも地元の民話となると、よりいっそうリアリティがあるだろう」

「ええ。こういう話も民話というのなら——私、民話って、好きです」

力強い口調で、そう言って。西来野さんはファイルから顔を上げ、晴生を見上げた。

「温木さんも、そういう民話……現代民話というものは、お好きなんですか？」

「おう、大好きだとも！」

大きくうなずきながら、思わず拳を握って、晴生は叫んだ。

「なんてったって、現代民話には、昔話や伝説にはない魅力がある！　自分が生まれる以前の遥か昔に、すでに物語が完成されてる昔話や伝説と違って、現代民話の中には、リアルタイムで発祥《はっしょう》、変遷していく物語がたくさんあるからな。民話を生み出す人々、それを語り伝える過程で、その物語の足りない部分を埋めて、物語を完成度の高いものへと練り上げていく人々が、この同じ時代に存在して、同じ空気を吸って生きてんだぜ⁉　しかも、ともすれば、自分がその『人々』の一員になってるかもしれない……。そんなこと考えるとさ、この現代民話は、いったいどうして生まれて、どうやって形を変えていったんだろうって、いろいろ想像しちまうんだ。時代的にも地理的にも身近な地元の現代民話だと、ことさらそれがおもしれーんだよ。この土地に住む人間が、何を好いて、何を恐れて、何を伝えたくて、何を隠したくて、何を不思議に思って、その民話を生んだのか——。そういう、異角に暮らす人間の、生きざまみてーなもんに、触れられる気がしてさ。それが——」

と、調子に乗って、そこまで喋ってしまってから、晴生はハッとした。

やってしまった。これは、明らかに空気を読み損ねた。西来野さんは、現代民話が「本当にあったこと」として語られているのを楽しんでいるのに。その民話の考察というか、裏を読むというか。そういうことは、西来野さんにとっての現代民話の楽しみのツボとは、むしろ真逆《まぎゃく》にあるといっていい行為だ。せっかく、西来野さんが民話を好きだと言ってくれたのに。自分のせいで、興を削いでしまったかもしれない。

晴生は、息を詰めて西来野さんの反応を待った。

幸い、西来野さんは、特に気にする様子もなく、

「温木さんは、本当に民話が……それに、この異角の土地が、お好きなんですね」

と、穏やかに微笑んだだけだった。

それを見て、晴生は胸を撫で下ろした。——が。

「温木さんて、すごく行動力ありそうですから、そのうち異角を飛び出して、よその土地にも民話を集めに行ったりしそうですね。……それとも、そこは、やっぱり異角一筋なんですか？」

続けて投げ掛けられた、その問いに。

いったんは弛緩《しかん》した胸の奥が、ぎしり、と軋んだ。

西来野さんは、なんの気なしにそれを尋ねただけだろう。けれども、晴生にとって、その問いはことのほか重いものだったのだ。

晴生が答えに詰まったことで、会話が途切れ、沈黙が流れた。

西来野さんは、不思議そうに晴生の顔を見上げる。

晴生は、少し迷ってから、小さく笑みを浮かべて、ゆっくりとその口を開いた。

「俺は……異角の外には、出られねえんだ」

「え？」

どういう意味か。と問いたげに、西来野さんは、一つまばたきした。

「ええと……それは、あの。……この、事務所のお仕事の関係で……？」

「ああ、いや。そういうんじゃなくってさ」

それが話題に上ったら。そして、そのことを相手に尋ねられたら。隠し立てせず、ありのままの事情を話すことに、晴生は決めていた。こんなものは、単なる世間話だ。――そう。これは、自分の持っている「民話」なのだ。

「なんでもな。俺は、生まれ付きの『ヤクビョウガミ体質』らしいんだ。俺がそばにいると、周りの人間が、必ず災難に見舞われちまうんだよ。事故に遭ったり、病気になったり、大事なものを失くしたり、大切な人との関係が壊れたり、って具合にな。……もっとも、そんなことにはならないよう、まじないを掛けてるから、一応問題はないんだけども。ただ、そのまじないってのが、異角にいる神様の力を借りるまじないなもんでさ。そのせいで、俺が異角の外に出ると、まじないの効力が消えちまうんだ。――だからさ。俺は、死ぬまで異角の土地から出られねえんだよ」

　単なる世間話、をするときのように、晴生は、笑顔でそう話した。

　こんな話を、こうしてありのままに話したところで、どこまで信じてもらえるか、わからないけれど。でも、この少女であれば、この手の話は、それなりに素直に受け入れてくれるかもしれない、と思った。

「――ってなわけで。さっき散々アピールした俺の郷土愛云々《うんぬん》も、そういう事情に端を発してるわけだ。どうせ一生異角から出らんねーなら、この土地をとことん愛し抜かなきゃ、面白くねーからな！　んでもって、俺が異角の土地で困ってる人間を見過ごせねーってのも、自分が生涯暮らす異角を、より良い土地にしていきたいって理由からだ。……まあ、俺の中にあるのは、そんな自己中極まりない郷土愛なわけだから。西来野さんも、困ったときは、俺の郷土愛、どんどん利用してくれていいんだぜ！」

威勢良く言い放って、晴生は笑った。

その話を聞いた、西来野さんは。

西来野さんは、物も言わず、目を見開いて、ただじっと、晴生を見つめた。

その瞳の色は、この少女が初めて見せるものだった。

そこには、ほのかな光と熱が宿っていた。さっき、民話を夢中で読んでいたときでさえ、西来野さんは、こんな目はしていなかった。どこか、冷めた瞳をしていたのに。

「……西来野さん？　……どうかしたか？」

「……いえ」

少し目を細めた西来野さんの、その瞳から、光と熱が、すうっと消えていく。

西来野さんは、「それじゃあ」と、晴生に向かって微笑んだ。

「異角にお詳しい温木さんに、一つ、教えていただきたいことがあるんですが」

俺の郷土愛を利用してくれ、と告げたことに対してだろう。西来野さんは、そんなことを言ってきた。

「ん……おお。なんだ、言ってみろ」

まだいくらか戸惑いつつ、晴生はそう促した。

西来野さんは、「はい」とうなずいて、

「異角の網多路にある『叶』の町へは、どう行けばいいんでしょうか？」

「……え？」

一瞬、何を尋ねられたのか、晴生は理解できなかった。

困惑する晴生を見て、西来野さんは、目元に浮かべた微笑を小さく揺らした。

「ああ。もちろん、わかってますよ。私が辻占をしているときに聞いた『カノウ四丁目』という地名は、実在しない場所で、異角にある叶の町とは関係ないってことは」

でも。と、西来野さんは、カップに残っていた冷え切った紅茶を飲み干した。

「カノウ四丁目というのが、今日、辻占で占った結果には、違いないですから。……

辻占って。特に、この異角で行う辻占って、特別な力が働きそうですし。そうなると、ちょっと、試してみたいじゃないですか。――もしかしたら」

コトリ、とテーブルに冷たいティーカップを置いて、西来野さんは言った。

「網多路の叶へ行って、四丁目を探してみたら、存在しないはずの叶四丁目に、迷い込んだりするんじゃないかなあ……なんて」

西来野さんは、穏やかな笑みを浮かべたまま、晴生を見上げた。

相変わらずの、空虚な微笑。感情の滲まない瞳。

それを見つめる晴生の頭に、ふと、ある言葉が浮かんだ。

神隠し願望――。

ああ、そうだ。そうなんじゃないだろうか。西来野さんに向きあっているとき、何か、妙な胸騒ぎを感じるのは。それは、西来野さんの中にある「神隠し願望」を――この世ではない世界への、強烈な、そして危うい憧れを、感じ取っていたからではないだろうか。

神隠しに遭ってみたい。この世ならぬ世界に迷い込みたい。時おりふと抱くぶんには、実に他愛《たわい》ないものである、その願望。けれど、一線を越えたとき。それは、場合によっては、「この世界から消え去りたい」という思いと同義になる。

西来野さんが、辻占を繰り返して散歩をし続けるのは。いつか、散歩の途中で異界に迷い込むとか、そういうシチュエーションに、憧れてのことなのかもしれない。

もし、それが叶って、ひとたび向こうの世界に迷い込んだら。

この子は、もう二度と、こちら側に戻ってくるつもりが、ないのかもしれない。

「――西来野さん」

あんたは、神隠しを当てにするほど、「こっち側」の世界に居場所がないのか？

そう尋ねたら、西来野さんを、傷つけることになるだろうか。

晴生は、しかめるように目を細め、西来野さんを睨んだ。

「生憎だが、あんたに、叶の場所は教えらんねえよ。んなもん、探す必要はねえ」

晴生は、ソファに座る西来野さんの横に身をかがめて、その肩に、強く片手の平を叩き置いた。

そうして、摑んだ肩を引き寄せると、西来野さんの体を、抱きしめた。

「もう、散歩はやめろ。手前《てめえ》の体を顧みねえ無茶な散歩は――」

腕の中で、西来野さんが身を固くする。

こんなことをしたら、西来野さんに、ひどく嫌な思いをさせてしまうかもしれない。

それはわかっている。でも。ただ言葉で伝えただけでは、何を言っても、真に受けてはもらえないんじゃないか、と。それだと、今日、このあと別れたら、それきりもう二度と会えることもなく、西来野さんは、いつの間にかこの世界から消え失せているんじゃないか、と。そんな気がして、ならなかったのだ。

「あんたが、この世でない世界に憧れて、無茶な散歩を繰り返してるなら、今度からは、散歩の代わりに、ここに来い。そうすりゃ、神隠しなんかには遭えなくても、その代わり、あんた好みの民話をいくらでもくれてやる。——それでどうだ。これからは、いつでもここに来て、あんたの気の済むまで、ここにいればいい。だから——」

言いながら、晴生は、西来野さんを抱く腕にいっそう力を込める。

西来野さんがどんな事情を抱えているのかは、わからない。もしかしたら、何もかも自分の勘違いで、自分は今、まったく見当外れのことを言ってるのかもしれない。

それならそれでいい。勘違いだと怒られても、鼻で笑われても。たとえ、それで恥をかいたって、そんなことはどうでもいい。もし、自分の言ったことで、西来野さんを不快にさせてしまったなら、許してもらえるまで、いくらでも謝る。

とにかく。目の前にいるこの子が、こんな言葉を求めているのではないか。そう思い込んでしまった以上、その可能性を捨て置くことは、どうしてもできなかった。

晴生は、ゆっくりと腕をほどき、両手で西来野さんの肩を摑んで、身を引いた。

その瞬間。
真正面から間近で見つめた、西来野さんの瞳が、かすかに揺れた。
何かを言いたげな、すがるような目が、確かに一瞬、晴生に向けられた。
けれど、西来野さんは、繋がったその視線を千切るように、静かに目を伏せて、
「……ありがとう、ございます」
うつむいたまま、小さくかすれた声で、一言、そう言った。
それから、しばしの沈黙のあと、おもむろに顔を上げた西来野さんは、
「本当に、温木さんの『郷土愛』は、すごいですね」
と、微笑んだ。
その声は、今までと変わらない、しっとりと落ち着いた声に戻っていた。
その瞳は、感情の揺らぎを映すことなく、摑みどころのない色を、取り戻していた。

＋　＋

あれから数日経った、今日の夕方。西来野さんは、再び郷祭事務所にやってきた。
というか、事務所の近くをうろうろしていた西来野さんを見つけて、晴生がまた、な

かば強引に引っぱり込んだのであるが。

　折しも、そのときのことであった。

　事務所にある「カタリベの黒電話」が、ベルを響かせたのは。

　カタリベが、噂を語ろうとする者からの電話を待つだけでなく、時には向こうから電話を掛けてきて、電話に出た人間に、自ら噂話を語ることがあるという話は、聞いていた。しかし、郷祭事務所にある黒電話が鳴ったのは、晴生が知っている限りでは、これが初めてのことだった。

　電話に出た晴生に、カタリベは、ある噂話を語った。

　それは、『存在しない叶四丁目』の噂だった。

　見知らぬ男に「叶四丁目」への道を聞かれると、存在しないはずの叶四丁目に迷い込んで、もとの世界に帰ってこられなくなる、という奇譚。

　とっさに、西来野さんがそんな話を広めたのでは、という疑念も浮かんだが。カタリベに聞いてみると、その噂は、数週間前にはすでに広まっていたものらしい。

　その噂が生まれたわけは、すでに想像がついている。

　その噂は、カタリベの言うところの「偽物」であると、確信できる。

　晴生は、その場でカタリベに、噂の語り替えを要求した。だが、カタリベは、やはりそれに応じることなく、いつものように「おいで」と一言告げて、電話を切った。おいで、と呼ばれたって。こっちには、カタリベの居所なんて、わからないのに。けれどそのとき、そばにいた西来野さんが、思いもよらぬことを言ったのだ。

——カタリベは、駅前商店街の裏通りにある、今は潰れた地下劇場にいます。と。

不思議なことに、西来野さんには、誰も知り得ないことだと思っていたカタリベの居所が、わかるらしい。そのおかげで、晴生は今日、初めてこうして、カタリベのもとを訪れることができたわけだ。

だからといって、どんな危険があるかもわからないこんな場に、西来野さんを連れてくる必要もなかったのだけど。とっさにそこまで思い至らず、なんとなく、連れ立ってやってきてしまった。

隣の座席に座る西来野さんに、晴生はちらと目をやる。西来野さんの膝の上には、ここに来る途中に買ってきた手土産の饅頭《まんじゅう》の箱が、袋に入ったまま乗っている。西来野さんが、道中、「カタリベは甘いものが好物な気がする」などと言い出したからだ。晴生は正直それどころじゃないという気持ちであったが、そうはいっても、一応こちらから頼み事をするわけだし、ここは礼儀として、と考え持ってきたのだった。

それにしても。西来野さんにはいったいどうして、カタリベの居所だの、好物だのがわかるのだろう。よほど、「波長」が合う、ということなのだろうか。

ひょっとすると。西来野さんの中にある、神隠し願望、あちら側の世界への憧れが、黒電話のカタリベと西来野さんとを、ある種の力で結び付けているのかもしれない。

そんなふうに、晴生は思う。

目の前にいる、この男。今は「招」と呼ぶことにした、黒電話のカタリベは。きっと、この世のものではない。あちら側の世界の住人だ。黒い糸を結ばれたとき、晴生はそれを肌で感じ取った。

晴生は、左手に結ばれた糸を握りしめ、招を睨み付けた。

こいつの語り広めた噂話は、たとえもとは作り話であっても、現実のものとなる。

こいつがこの異角の土地で、人に害をなす怪異を、次々と生み出し続けている。

——上等だ。

おまえが何者で、どうしてそんな力を持っているのかは、今の自分にはわからない。

だが、おまえがその力でもって、この土地に仇なそうというのなら。自分は、自分にとってただ唯一の、生涯の居場所である異角を守るために、己を賭して戦ってやる。

さしあたっては、西来野さんが、叶四丁目に迷い込んだりすることのないように。

「さあて。それじゃあ、さっさと『鑑定』を始めてもらおうか、招さん」

晴生の促しに。招は、うなずきもせず、ゆっくりと口を開く。

そして、先ほど晴生が電話で聞いたばかりの噂話を、まるで、それがこの「鑑定」の決まり事であるかのように、ここで初めて聴かせるふうな体《てい》で、語り出した。

「ねえ。こんな話を知ってる？」

# あとがき

これは子どもの頃《ころ》の話なんですが。祖母の畑が、よくヌートリアに荒らされてたんですよ。ご存知でしょうか、ヌートリアって。外来種で、見た目はビーバーみたいな感じの生き物。それが、祖母の畑のすぐそばを流れてる川にね、棲《す》んでいまして。

で、ある日、私が畑に行ったとき。ちょうど、ヌートリアが野菜を食い荒らしてるところを見つけたんです。それで、とっさに近くにあったカゴを取って、そーっとヌートリアに近づいて、上からパッとカゴを被《かぶ》せて……ヌートリア、捕獲成功！　そのあと、逃げないようにカゴの上に石を載っけて、重しをしておきました。

で、次の日畑に行ったら、ヌートリアを捕らえたカゴは、昨日と同じ状態のまま、ちゃんとそこにありました。カゴは破られてなかったし、重しの石もカゴの上に載ったまま。よし、逃げてないな、と思いつつ、そーっとカゴの中を覗いてみると――。

あれ。ヌートリアが、中にいない？　カゴは、なぜかもぬけの殻でした。

どーゆーことだ？　と、カゴをどかして調べてみたところ。なんか、地面に穴が開いてまして。どうやら、ヌートリアは、その穴からカゴの外に逃げてしまったようなのです。ヌートリアって、穴を掘る生き物なんですね。そのことを知らずに、土の上に放置しちゃってたせいで、まんまと逃げられてしまったのでした。

……といった話を、小学校のときのA先生が授業中に語ってくれたことがありました。私は長い間、その話を単なるA先生の実体験だと思っていたのですが、その後十数年経ってから、本かネットか何かでまったく同じ話を目にして「おや、これは……」となったのです。もしかしたら、あのヌートリアの話は、いわゆる「現代の民話」といっていい類のものだったのかもしれないな、と。——松谷《まつたに》みよ子《こ》氏の『現代民話考』シリーズに、もし「ヌートリア」の項があったなら、そこに収録されてもおかしくない話のはずだ！

　まあ、ぜんぜん奇《き》譚《たん》ではないんですが。妙に印象に残っている話だったので、この場を借りて語らせていただきました。このヌートリアの話が、果たして本当にA先生の実体験だったのか。それとも、A先生がどこかで見聞きした話を実体験風に再現したものだったのか。あるいはこれ、実は割と多くの人々が体験している「ヌートリアあるあるエピソード」だったりするのか……今となってはわかりません。

……えーと。それで、この本のあとがきで、なぜ奇譚でもなんでもないヌートリアの話をしてるのかといいますと。たぶん、「ちょっとした世間話も『民話』って呼ぶことにすると胸がときめくなあ」とか、「ローカルな民話って愛着が湧いていいもんだなあ」とか、そんな感じのことを言いたかったような気がします。あとがきって何書けばいいのか想像以上によくわからず、締め切りギリギリまで困惑している筆者の現状をお察しください。

それにしても、自分の書いた小説が本として出版されるというのは、まったく感慨深いことです。実を言うと、「もしかしたら電撃文庫編集部の人間を騙《かた》る愉快犯にだまされているのではなかろうか」という疑いをずっと捨てきれずにここまで来たのですが、どうやら本当に出版されるようで、ああよかった。

電撃小説大賞へ応募した短編をきっかけに声を掛けてくださった編集部の三木《みき》様。溜《た》め息《いき》が出るほどすてきなイラストを描いてくださったげみ様。作品を校正してくださった方や、他、この本の出版に関わってくださったすべての皆様。本当にお世話になりました。ありがとうございます！

最後に。この本に興味を持って手に取ってくださった読者様へ、心から感謝申し上げます。どうもありがとうございました！

地図十行路《ちずとこうろ》

## 地図十行路　著作リスト

お近くの奇譚～カタリベと、現代民話と謎解き茶話会～（メディアワークス文庫）

本書は書き下ろしです。

∞メディアワークス文庫

# お近《ちか》くの奇譚《きたん》
## ～カタリべと、現代民話《げんだいみんわ》と謎解《なぞと》き茶話会《さわかい》～

## 地図十行路《ちずとこうろ》

発行　2014年7月25日　初版発行

発行者　塚田正晃
発行所　株式会社KADOKAWA
〒102－8177　東京都千代田区富士見2－13－3
電話03－3238－8521（営業）
プロデュース　アスキー・メディアワークス
〒102－8584　東京都千代田区富士見1－8－19
電話03－5216－8399（編集）
装丁者　渡辺宏一（有限会社ニイナナニイゴオ）
印刷・製本　旭印刷株式会社


ISBN978-4-04-866810-1 C0193

メディアワークス文庫　http://mwbunko.com/
株式会社KADOKAWA　http://www.kadokawa.co.jp/

本書に対するご意見、ご感想をお寄せください。

**あて先**
〒102-8584　東京都千代田区富士見1-8-19　アスキー・メディアワークス
メディアワークス文庫編集部
「地図十行路先生」係

## 0能者《れいのうしゃ》ミナト
葉山 透

この現代において、人の世の理から外れたものを相手にする生業がある。修験者、法力僧――彼らの中でひと際変わった青年がいた。何の能力も持たないという異端者。だが、その手腕は驚くべきもので!?

は-2-1 074

## 0能者《れいのうしゃ》ミナト〈2〉
葉山 透

退魔業界の異端者、九条湊。皮肉屋で毒舌。それでいて霊力などの特殊な能力は何もない。だが軽薄な言動の裏には、常人にない思考が秘められている。詐欺師か、はたまた天才か？0能者《れいのうしゃ》ミナトの驚くべき手段とは？

は-2-2 090

## 0能者《れいのうしゃ》ミナト〈3〉
葉山 透

異能力とは無縁、どんな怪異ですら科学的に解体してしまう九条湊。彼の知性が挑むのは稀代の殺人鬼にして〝不死者〟。不死者と湊の息詰まる攻防の行方、そして不死の真実とは？　コミックも連載中の人気作、第3弾。

は-2-3 117

## 0能者《れいのうしゃ》ミナト〈4〉
葉山 透

豪華客船クルーズ――もっとも縁がなさそうな場に湊達はいた。船幽霊を退治するという至極簡単な依頼に、湊は放蕩しまくり、依頼人にひんしゅくをかう始末。ところが、想像もしない事態が発生する。

は-2-4 145

## 0能者《れいのうしゃ》ミナト〈5〉
葉山 透

霊を降ろしている様子はないのに、その霊と完璧に対話してみせる。湊達はいぶかるが、主催者は総本山から野に下った切れ者でしっぽをつかませない。0能者対詐欺師？　トリックスター達の勝負の行方は？

は-2-5 172

## 0能者《れいのうしゃ》ミナト〈6〉

葉山 透

高校生の湊が遭遇した凄絶な殺人事件の現場。これをきっかけに理彩子と出会った湊は、初めて〝怪異〟が絡む事件の解決に乗り出すことになるのだが――。大人気のベストセラーシリーズ、第6弾！

は-2-6
210

## 0能者《れいのうしゃ》ミナト〈7〉

葉山 透

七人ミサキ――入れ替わる魂を求め永遠にさまよう、悪夢のような怪異。三年前、孝元が助力を求めた相手は、今と変わらず横柄で奔放な湊だった。すでに悪名高い〝零能者〟湊は誰もが想像しない形で怪異に迫る。

は-2-7
248

## 路地裏のあやかしたち

綾櫛横丁加納表具店

行田尚希

加納表具店の若き女主人・加納環は、掛け軸を仕立てる表具師としての仕事の他に、ある「裏」の仕事も手がけていた――。人間と妖怪が織りなす、ほろ苦くも微笑ましい、どこか懐かしい不思議な物語の数々。

ゆ-1-1
183

## 路地裏のあやかしたち2

綾櫛横丁加納表具店

行田尚希

環（実は化け狐）が営む加納表具店に足繁く通うようになる洸之介。さまざまな事件に巻き込まれ、また新たな妖怪たちと心を通わせていく――。第19回電撃小説大賞〈メディアワークス文庫賞〉受賞作の待望の続編！

ゆ-1-2
234

## 路地裏のあやかしたち3

綾櫛横丁加納表具店

行田尚希

環（実は化け狐）が営む加納表具店に通いながら、さまざまな妖怪たちと心を通わせる高校生、洸之介。卒業を間近に控え、進路に悩む彼がくだした決断は……？　多くの読者に愛される人気シリーズ、ついに〈完結〉！

ゆ-1-3
279